张建炜，中国民主促进会会员。出生于书香门第，自幼喜欢读书，尤喜诗词与佛经，父亲为其取字文煜，又有师长赠名紫惠。中国诗歌学会会员，曾出版个人诗集和长篇小说，发表多篇文章和诗歌。从银行辞职后在北京金融街创立上品燕品牌。荣获 2018 中国经济十大杰出女性、新时代杰出爱国人士等殊荣。

梅牡莲诗三百首

张建炜 编著

人民出版社

前　言

本书自缘起至完成，近三年的时间过去了，现将成书过程作个简单言说。

2019 年 8 月 5 日，北京盛夏，酷暑难忍，我写了一篇《梅牡莲——中国人之中华心境界》，写该文缘于当时中美贸易摩擦不断升级，各方面的报道扑面而来，作为一名中国的青年人，胸中升起的是对祖国和国人的爱，所谓情难自禁吧。然而，一篇小文并不能很好地展示中国人的中华心境界，我于是萌发成书的想法，想以衣食住行四方面来展示中国人的中华心境界，欲在书中全面展示梅牡莲在中国人生活中的表现及影响，并开始列大纲、着手收集资料，然而我发现意图用一本书来完全展示，是极其难为的，五千年的中华文明，梅花、牡丹、莲花在中国人的生活中渗透得太多太深了，经过几个月的资料搜集、整理与试写，我不得不暂时放弃了写这本书的想法。

转眼到了 2020 年 5 月，北京的时节正是草长莺飞，一天中午，阳光尽透湛蓝的天空，我在院中望着绿绿的青草，突然想到，我为什么不仅取一瓢呢？诗言志，诗言情，诗明心，诗就是心啊，诗之精粹，不就是中国人的中华心境界吗？我旋即开始了对梅牡莲诗词的整理，一整理不得了，以梅入诗题咏颂梅花的诗词近两万首、以牡丹入诗题咏颂牡丹的诗词两千多首、以莲花（外加荷花、菡萏、芙蕖）入诗题咏颂莲花的诗词六千多首，外加梅牡莲的题画诗和未入诗题而内容是咏颂梅牡莲的诗作等，共近三万首，震撼之余，我从梅花诗词开始着手整理，为将那几个月“无用功”时间补救回来，那一阵子我常熬夜，至天际发白凌晨四点六点才睡都属正常。

编辑此书，我真的是战战兢兢、如履薄冰，我想我是谁呢？一个小小的后辈晚生，深夜孤灯下，读着先贤们的心灵文字，了解着他们的生平事迹，我常常被感动得泪水满面，有的时候，我不得不停下，伏在书桌上哭上一会儿，实际上，我哪里够资格编辑甄选这些先贤的心灵文字呢？唯景仰观瞻。而正是带着这种持敬的高山仰止之心，我才可以继续，为了对得起先贤之在天性灵和自己的良心，我尽我所能地整理了所有咏颂梅花、牡丹、莲花的诗作，一一尽读，包括无名氏的诗作，不敢擅擅遗漏一首，谨表追古之意。我的收录截至清代，清代之后的近现代诗不再录入此书。

本书诗词的编辑过程大致分了三步，第一步从梅牡莲诗词三万首到梅牡莲三千首；第二步从三千首到一千首；第三步从一千首到三百首，我制定了一个比较苛刻的“一二三四”准则，即“一善二真三高四美”：“一善”，即一一皆善，人善、心善、语善、意善等；“二真”，即诗作描述真实、真挚；“三高”，即高格、高情、高雅；“四美”，即音美、境美、字美、词美。一言以蔽之，就是真善美，然而真善美到什么地步呢？我认为是可说与天地听，可诵与儿童听，可讲给大人听，可讲给鬼神听，可说与草木听，可说与花鸟听，可说与万物虚空众生听，亦可写给天地万物大观、细观与澄观，因那是最美最真最善的一片心，是孟子所言的“浩然之气”，如东坡先生所言“寓于寻常之中，而塞乎天地之间”。

之后，对每一首诗词我再辅之以一幅古画，为与诗境相契，又因版面有限，所以大多数古画我都作了不同程度的裁切，也有个别长卷类古画被裁切成多幅、一画多用的情况，比如《法海寺壁画》《莲池禽戏图》《九老图》。而对于三百幅古画的选用，我也同样运用了诗词的“一二三四”标准。整理梅花诗词时我尤其感动感慨，遂写了诗和作者，然我又想，我的拙劣之作怎堪与先贤之诗并列？所以又尽数删了，改为了作者之诗或集作者诗而成之集句，而个别作者存世诗作仅一首的，如宋代晏敦复、明代孙之琮，我分别以晏敦复曾祖晏殊之诗、宋代张侃之诗（因二人诗中均有梅倚小屏山之情境）和之。

对于本书先贤文字与图画，我参考的书目主要有：中华书局出版的《全唐诗》《全宋词》《全清词钞》《全唐五代词》《全金元词》《全元散曲》《全元诗》《晚晴簃诗汇》《唐诗别裁集》《宋诗别裁集》《元诗别裁集》《明诗别裁集》《清诗别裁集》；北京大学出版社出版的《全宋诗》；中国书店出版的《钦定四库全书》；湖南文艺出版社出版的《历代词赋总汇》；故宫出版社出版的《故宫画谱梅花》《故宫画谱牡丹荷花》《故宫绘画图典》《故宫藏四僧书画全集》；人民美术出版社出版的《金农书画编年图目》；天津人民美术出版社出版的《石涛书画全集》；山东画报出版社出版的《南田画跋》《绘事微言》；上海书画出版社出版的《百种牡丹谱》；台湾故宫博物院出版的《故宫书画图录》；书尾作者小传中的部分书目（因作者小传涉及书目较多，就在此不再重复罗列）。

最后，诚挚感谢人民出版社历史与文化编辑部杨美艳主任及王璐瑶编辑为本书所作的诸多努力。

于此书虽尽心尽力，但因我没有什么真正的学问，恐仍会有错误发生，恳望读者给予纠正、不吝赐教。

壬寅年夏至日

目录

咏梅一百首

咏牡丹一百首

咏莲一百首

梅花赋 并序*

（唐）宋璟

垂拱三年，余春秋二十有五。战艺再北，随从父之东川，授馆官舍。时病连月，顾瞻圮墙，有梅一本，敷花于榛莽中。喟然叹曰：斯梅托非其所，出群之姿，何以别乎？若其贞心不改，是则可取也已。感而乘兴，遂作赋曰：

高斋寥阒，岁晏山深。景翳翳以斜度，风悄悄而龙吟。坐穷檐以无朋，命一觞而孤斟。步前除以踯躅，倚藜杖于墙阴。蔚有寒梅，谁其封植？未绿叶而先葩，发青枝于宿枿。擢秀敷荣，冰玉一色。胡杂沓于众草，又芜没于丛棘？匪王孙之见知，羌洁白其何极。若夫琼英缀雪，绛萼著霜，俨如傅粉，是谓何郎。清香潜袭，疏蕊暗臭，又如窃香，是谓韩寿。冻雨晚湿，夙露朝滋，又如英皇，泣于九疑。爱日烘晴，明蟾照夜，又如神人，来自姑射。烟晦晨昏，阴霾昼闷，又如通德，掩袖拥髻。狂飙卷沙，飘素摧柔，又如绿珠，轻身坠楼。半含半开，非默非言，温伯雪子，目击道存。或俯或仰，匪笑匪怒，东郭慎子，

注：今传《梅花赋》为后人拟作，非宋璟原作。《四库全书总目》宋代李纲《梁溪集》提要中亦载“璟赋已佚”。

正容物悟。或憔悴若灵均，或欹傲若曼倩，或妩媚如文君，或轻盈若飞燕。口吻雌黄，拟议难遍。彼其艺兰兮九畹，采蕙兮五柞。缉之以芙蓉，赠之以芍药。玩小山之丛桂，掇芳洲之杜若。是皆物出于地产之奇，名著于风人之托。然而艳于春者，望秋先零；盛于夏者，未冬已萎。或朝华而速谢，或夕秀而遄衰。曷若兹卉，岁寒特妍。冰凝霜冱，擅美专权。相彼百花，谁敢争先。莺语方涩，蜂房未喧。独步早春，自全其天。至若栖迹隐深，寓形幽绝。耻邻市廛，甘遁岩穴。江仆射之孤灯向寂，不怨凄迷；陶彭泽之三径长闲，曾无惜结。谅不移于本性，方可俪乎君子之节。聊染翰以寄怀，用垂示于来哲。从父见而勖之曰：万木僵仆，梅英再吐。玉立冰姿，不易厥素。子善体物，永保贞固。

1. 梅花落

（南朝宋）鲍照

中庭杂树多，
偏为梅咨嗟。
问君何独然？
念其霜中能作花，
露中能作实。
摇荡春风媚春日，
念尔零落逐寒风，
徒有霜华无霜质。

梅石图　明　陈洪绶

呈鲍公*

露色染春草，泉源洁冰苔。
梅花一时艳，袅袅承风栽。

说明：咏梅篇的每首诗词后，皆附有一首感怀诗，共有百首，此为本书编著者紫惠居士有感而发，其中有（集此诗人之作而成）集句诗或偈，亦有诗人整诗。古今知己，相映成趣，旨在表达编著者对先人之敬意，其对先人的尊称涉及其字、号、谥号，可详见书尾紫惠居士所作“作者小注”。
另本书“注”为紫惠居士对本书诗词所作选注。

平安春信图 清 郎世宁

2. 赠范晔诗*

（南朝宋）陆凯

折花逢驿使，
寄与陇头人。
江南无所有，
聊赠一枝春。

以范公诗呈陆公

流云起行盖，晨风引銮音。
兰池清夏气，感事怀长林。

注：《荆州记》曰：陆凯与范晔为友。在江南寄梅花一枝。诣长安与晔。并赠诗云：“折梅逢驿使，寄与陇头人。江南无所有，聊赠一枝春。”

3. 梅花

（唐）崔道融

数萼初含雪，
孤标画本难。
香中别有韵，
清极不知寒。
横笛和愁听，
斜枝倚病看。
朔风如解意，
容易莫摧残。

月曼清游图册之寒夜探梅　清　陈枚

呈崔公

澹澹长江水，悠悠远客情。
落花相与恨，到地一无声。

观梅图　明　唐寅

4. 江梅

（唐）杜甫

梅蕊腊前破，
梅花年后多。
绝知春意好，
最奈客愁何。
雪树元同色，
江风亦自波。
故园不可见，
巫岫郁嵯峨。

呈少陵先生

渭北春天树，江东日暮云。
梅花万里外，峡影入江深。

5. 与史郎中钦听黄鹤楼上吹笛*

（唐）李白

一为迁客去长沙，西望长安不见家。
黄鹤楼中吹玉笛，江城五月落梅花。

十才子图（局部） 明 唐寅（传）

呈青莲居士

寒雪梅中尽，春风柳上归。
今朝风日好，檐燕语还飞。

注：此诗虽未直写梅花，然作者对于长安的梅花之思却令人动容，以致听取《梅花落》，便已忽见落梅，对梅花之爱与怜，意在其中矣，故选之。

应真观梅图　明　张宏

6. 早梅

（唐）柳宗元

早梅发高树，
迥映楚天碧。
朔吹飘夜香，
繁霜滋晓白。
欲为万里赠，
杳杳山水隔。
寒英坐销落，
何用慰远客。

呈柳公

梅岭寒烟藏翡翠，桂江秋水露鰅鳙。
丈人本自忘机事，为想年来憔悴容。

7. 早梅

（唐）齐己

万木冻欲折，孤根暖独回。
前村深雪里，昨夜一枝开。
风递幽香去，禽窥素艳来。
明年如应律，先发映春台。

呈齐己禅师

燕和江鸟语，梅杏嚼红香。古寺高杉下，钟声送夕阳。

竹梅寒雀图（局部） 五代 黄筌（传）

8. 杂诗　三首其二

（唐）王维

君自故乡来，应知故乡事。
来日绮窗前，寒梅著花未。

和靖爱梅图　清　黄慎

呈摩诘居士

已见寒梅发，复闻啼鸟声。
心心视春草，畏向阶前生。

9. 江滨梅*

（唐）王適

忽见寒梅树，
开花汉水滨。
不知春色早，
疑是弄珠人。

呈王公

珠帘昼不卷，平生似梦中。
有时须问影，无事却书空。

携琴探梅图　明　杜堇（传）

注：宋徐子光注、唐李瀚撰《蒙求集注》中有："《列仙传》曰江妃二女，皆丽服华装，佩两明珠，大如鸡卵，游于江汉之湄，逢郑交甫，交甫悦之，不知其神也，遂下与言曰：愿请子之佩。二女解佩以与，交甫受而怀之，趋去数十步，视其怀空无佩，顾二女忽然不见。"范仲淹在《依韵和安陆孙司谏见寄》中有句"人物高传卧龙里，神仙近接弄珠川"。本诗作者将梅花比喻成美奂绝伦的仙子，恍然一见，心神俱醉矣。

摘梅高士图　明　陈洪绶

10. 悟道诗

（唐）无尽藏禅师

尽日寻春不见春，
芒鞋踏遍陇头云。
归来笑拈梅花嗅，
春在枝头已十分。

呈无尽藏禅师 *

明月清风无尽藏，悲风忍土有深缘。
热腔护法识珠玉，梅香今古无尽庵。

注：无尽藏禅师系六祖惠能大师首位女护法、女弟子。“明月清风无尽藏，悲风忍土有深缘”，为南华禅寺下院古无尽庵的楹联，庵正门亦悬有赵朴老题“古无尽庵”匾额。

11. 上堂开示颂*

（唐）希运

尘劳回脱事非常，
紧把绳头做一场。
不是一翻寒彻骨，
争得梅花扑鼻香。

礼佛图　明　陈洪绶（传）

呈黄檗希运禅师

心如大海无边际，口吐红莲养病身。
虽有一双无事手，不曾只揖等闲人。

注：本诗出自《黄檗断际禅师宛陵录》最后一章，共六百余字。原文（古文）开头为“師一日上堂，開示大眾云”，中有句“休待臨渴掘井。做手脚不辦。遮場狼藉。如何迴避前路黑暗”，结尾“事怕有心人。頌曰。塵勞迴脫事非常。緊把繩頭做一場。不是一翻寒徹骨。爭得梅花撲鼻香”。有许多地方写为“尘劳迥脱事非常”，这是有误的。一：从文字。“迴”在古代是“回”之分化字，不好认作“迥”。二：从背景。宛陵录为唐宣宗时宰相裴休辑录刊行，裴公与希运禅师从往至深，其听错、刊印错的概率太渺。三：从诗义。此诗偈“回脱”是回避和了脱之义，双重涵义，亦是整篇开示之总结，旨在激励弟子们要真正回避、了脱尘劳，达至非回避非不回避、非了脱非不了脱的自在之境，自参自悟，若非自身真用功用苦功，焉会得菩提之馨香。

万横香雪图　清　恽寿平

12. 梅花

（唐）徐夤

琼瑶初绽岭头葩，
蕊粉新妆姹女家。
举世更谁怜洁白，
痴心皆尽爱繁华。
玄冥借与三冬景，
谢氏输他六出花。
结实和羹知有日，
肯随羌笛落天涯。

呈徐公

看遍花无胜此花，剪云披雪蘸丹砂。
千卷长书万首诗，飞书与报白云家。

13. 汉宫春·梅

（宋）晁冲之

潇洒江梅，向竹梢稀处，横两三枝。
东君也不爱惜，雪压风欺。
无情燕子，怕春寒、轻失佳期。
惟是有、南来归雁，年年长见开时。
清浅小溪如练，问玉堂何似，茅舍疏篱。
伤心故人去后，冷落新诗。
微云淡月，对孤芳、分付他谁。
空自倚，清香未减，风流不在人知。

呈具茨先生

目断江南千里，禁得许多风雨。
垂垂柳丝梅朵，香压满园花气。

林和靖梅花图　南宋　马远（传）

14. 盐角儿·亳社观梅

（宋）晁补之

开时似雪。谢时似雪。花中奇绝。
香非在蕊，香非在萼，骨中香彻。
占溪风，留溪月。堪羞损、山桃如血。
直饶更、疏疏淡淡，终有一般情别。

瑞雪仙禽图　元　佚名

呈无咎先生

梅花落尽上饶村，有山便足同苏门。
人如修竹三冬好，不与俗花名合昏。

15. 题墨梅

（宋）蔡戡

谁作横枝太逼真，
枝头的皪眼俱明。
也知笔力窥天巧，
无奈清香画不成。

梅花图　清　金农

呈蔡公

日暮西江远，停桡傍水村。
一枝梅照水，行客总消魂。

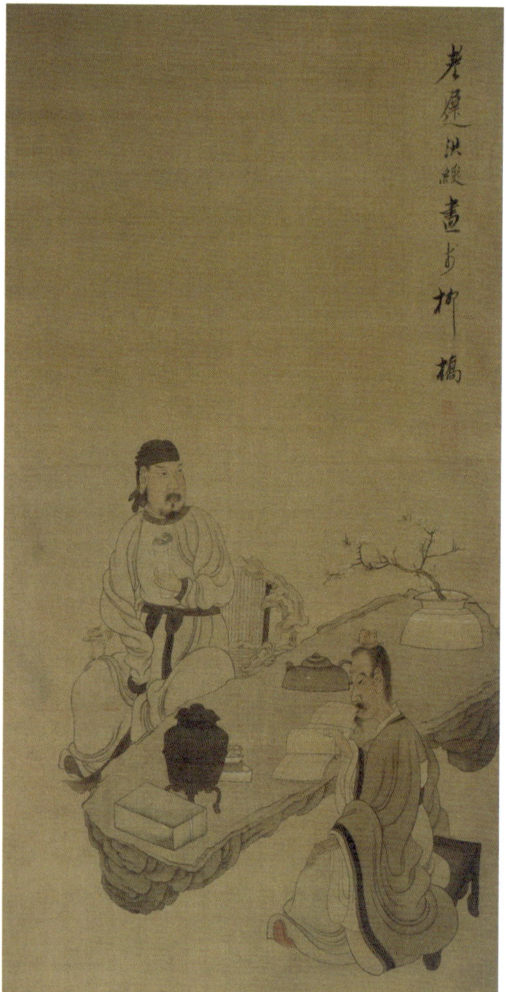

校书图　明　陈洪绶

16. 寒夜

（宋）杜耒

寒夜客来茶当酒，
竹炉汤沸火初红。
寻常一样窗前月，
才有梅花便不同。

呈杜公

晓起旋收花上露，晚立苕溪溪上头。
去国十年虽已久，生涯无岁不扁舟。

17. 梅花　十绝其九

（宋）方岳

有梅无雪不精神，
有雪无诗俗了人。
薄暮诗成天又雪，
与梅并作十分春。

梅花双鹊图　南宋　汤正仲

呈秋崖先生

自种梅花伴月明，砚寒仍是旧书生。
诗如霜月五更晓，人与梅花一样清。

18. 和刘后村梅花百咏　其十二

（宋）方蒙仲

短篱疏竹自周遮，官舍过如野老家。
不是陋儒太孤绝，自看梅后觉无花。

罗浮情梦　清　屈兆麟

呈方公

自嫌太奇绝，混以雪和月。
却有一味香，教人细分别。

19. 岭上红梅

（宋）范成大

雾雨胭脂照松竹，
江面春风一枝足。
满城桃李各嫣然，
寂寞倾城在空谷。
城中谁解惜娉婷，
游子路傍空复情。
花不能言客无语，
日暮清愁相对生。

红梅孔雀图（局部） 南宋 佚名

呈石湖居士

句从月胁天心得，笔与冰瓯雪椀清。
书到石湖春亦到，平堤梅影縠纹生。

瓶中蜡梅图　明　沈周

20. 和提刑赵学士探梅

三绝其三

（宋）范仲淹

百花争早孰过梅，
天与芳时岂待催。
莫惜黄金置清赏，
来年春色为君开。

呈范文正公

数枝梅寄寂寥人，多谢韶华次第均。
穰下此花留未发，待君同赏后池春。

21. 次韵江朝宗梅花

（宋）高文虎

新新数点照疏篱，
又折今生第一枝。
只为知心无著处，
雪中独立最多时。

探梅仕女图　清　费丹旭

呈高公

踏雪归来水路长，亲曾相见白云乡。
风来风去都无那，分付行人一点香。

22. 梅花两首寄呈彭吏部　其一

（宋）葛长庚

一自花光为写真，至今冷落水之滨。
惟三更月其知己，此一瓣香专为春。
清所以清冰骨格，损之又损玉精神。
雪中好与谁为伴，只有竹如君子人。

梅竹鹌鹑图（局部）　南宋　马麟（传）

呈紫清先生

破苍如凝蜡，粘枝似滴酥。
恍疑菩萨面，初以粉金涂。

23. 和用明梅　十三绝其十二

（宋）胡寅

公子曾游翰墨场，诗成寒律带春光。
杯中竹叶悠悠梦，句里梅花字字芳。

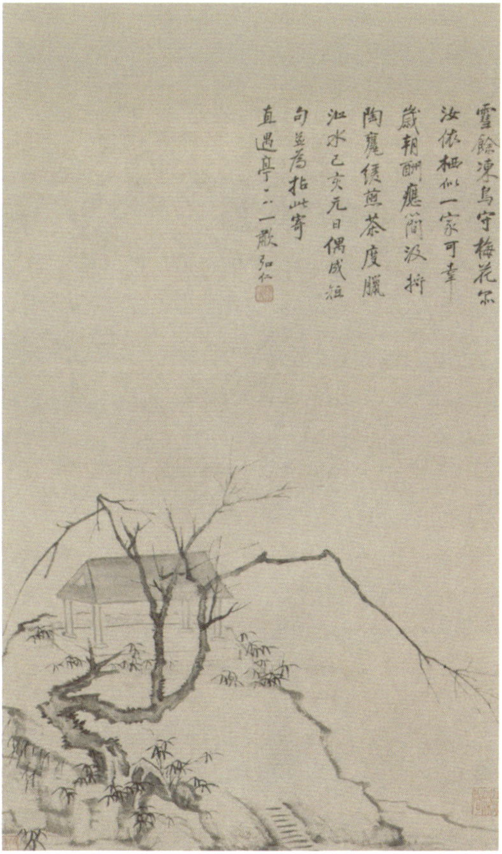

梅花书屋图　清　弘仁

呈致堂先生

雪消天气一番新，水际逢春淑且真。
诗情花气相氤氲，年年领袖百花春。

24. 鹧鸪天·送田簿秩满还雪川

（宋）侯寘

只有梅花是故人。岁寒情分更相亲。
红鸾跨碧江头路，紫府分香月下身。
君既去，我离群。天涯白发怕逢春。
西湖苍莽烟波里，来岁梅时痛忆君。

断桥残雪图　清　董邦达

呈侯公

拂拭冰霜君试看，一枝堪寄天涯远。
姑射梦回星斗转，依然月下重相见。

25. 南乡子·冬夜

（宋）黄昇

万籁寂无声。衾铁棱棱近五更。
香断灯昏吟未稳，凄清。只有霜华伴月明。
应是夜寒凝。恼得梅花睡不成。
我念梅花花念我，关情。起看清冰满玉瓶。

呈黄公

自扫梅花下，霜风吹鬓寒。
人间无此清，拍手凭阑干。

捧梅图　清　黄慎

26. 虞美人·宜州见梅作

（宋）黄庭坚

天涯也有江南信。梅破知春近。
夜阑风细得香迟。不道晓来开遍、向南枝。
玉台弄粉花应妒。飘到眉心住。
平生个里愿杯深。去国十年老尽、少年心。

梅花仕女图　元　佚名

呈山谷道人

想见东坡旧居士，今作梅花树下僧。
为君唤起黄州梦，五湖无边万里行。

27. 梅花

（宋）卢梅坡

梅雪争春未肯降，
骚人阁笔费评章。
梅须逊雪三分白，
雪却输梅一段香。

梅花图　明　陆复

呈卢公

自负孤高伴岁寒，玉堂茅舍一般看。
顽风摧剥君知否，铁笛一声人倚栏。

28.［仙吕宫］暗香

（宋）姜夔

辛亥之冬，予载雪诣石湖。止既月，授简索句，且征新声。作此两曲，石湖把玩不已，使工妓肄习之，音节谐婉，乃名之曰暗香、疏影。

旧时月色，算几番照我，梅边吹笛。唤起玉人，不管清寒与攀摘。何逊而今渐老，都忘却、春风词笔。但怪得、竹外疏花，香冷入瑶席。江国。正寂寂。叹寄与路遥，夜雪初积。翠樽易泣。红萼无言耿相忆。长记曾携手处，千树压、西湖寒碧。又片片、吹尽也，几时见得。

呈姜公

细草穿沙雪半销，吴宫烟冷水迢迢。
梅花竹里无人见，一夜吹香过石桥。

雪中梅竹图　南宋　徐禹功

29. 疏影

（宋）姜夔

苔枝缀玉。有翠禽小小，枝上同宿。客里相逢，篱角黄昏，无言自倚修竹。昭君不惯风沙远，但暗忆、江南江北。想珮环、月夜归来，化作此花幽独。犹记深宫旧事，那人正睡里，飞近蛾绿。莫似春风，不管盈盈，早与安排金屋。还教一片随波去，又却怨、玉龙哀曲。等恁时、再觅幽香，已入小窗横幅。

呈姜公

西园曾为梅花醉，玉笙凉夜隔帘吹。
回首江南天欲暮，十亩梅花作雪飞。

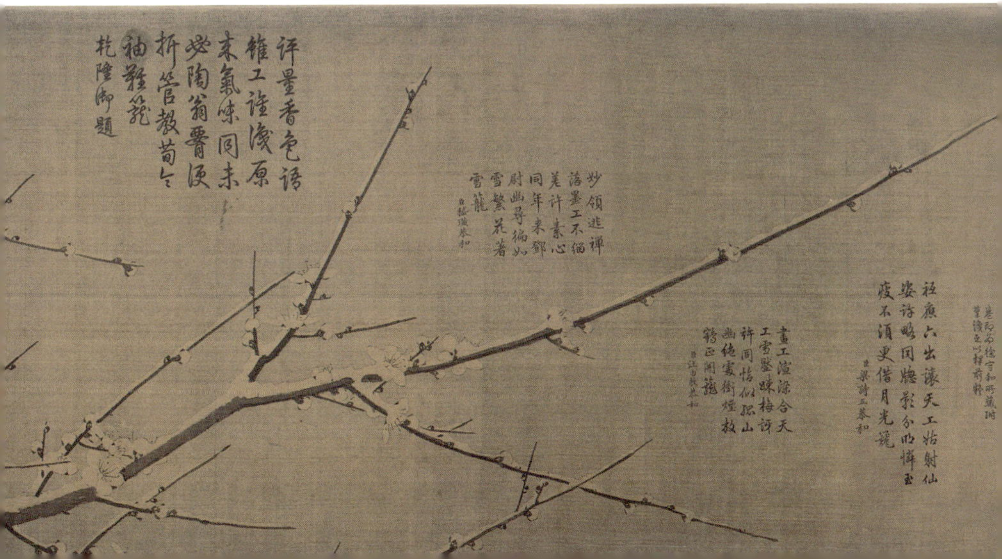

观梅读书图　南宋　李唐（传）

30. 早梅

（宋）李公明

东风才了又西风，
群木山中叶叶空。
只有梅花吹不尽，
依然新白抱新红。

呈李公

直能捐世虑，何处不忘归。
孤芳照寒水，一事更何为。

31. 十样花

七首其一

（宋）李弥逊

陌上风光浓处。
第一寒梅先吐。
待得春来也，
香消减，
态凝伫。
百花休漫妒。

探梅图　明　陈洪绶

呈筠溪先生

海上梅花迎岁落，江头桂子得秋开。
不放寸阴随手过，自开十亩待春来。

霜柯竹涧图 南宋 佚名

32. 落梅

二首其一

（宋）陆游

雪虐风饕愈凛然，
花中气节最高坚。
过时自合飘零去，
耻向东君更乞怜。

呈放翁先生

幽谷那堪更北枝，年年自分著花迟。
高标逸韵君知否，正在层冰积雪时。

33. 卜算子·咏梅

（宋）陆游

驿外断桥边，寂寞开无主。
已是黄昏独自愁，更着风和雨。
无意苦争春，一任群芳妒。
零落成泥碾作尘，只有香如故。

呈放翁先生

闻道梅花坼晓风，雪堆遍满四山中。
何方可化身千亿，一树梅前一放翁。

寻梅访友图　南宋　佚名

34. 山园小梅　二首其一

（宋）林逋

众芳摇落独鲜妍，占尽风情向小园。
疏影横斜水清浅，暗香浮动月黄昏。
霜禽欲下先偷眼，粉蝶如知合断魂。
幸有微吟可相狎，不须檀板共金樽。

梅花孔雀图　明　陆治（传）

呈和靖先生

剪绡零碎点酥乾，向背稀稠画亦难。
澄鲜只共邻僧惜，冷落犹嫌俗客看。

35. 梅花　二首其一

（宋）潘玙

冰玉丰姿夐绝尘，
山林谁伴岁寒盟。
腊前有雪曾相约，
天下无花似此清。

踏雪寻梅图　明　王谔

呈潘公

山色四时仁者静，梅花万古圣之清。
浮云富贵不关心，只向闲中寄此生。

36. 次韵卿山主梅花

（宋）饶节

岁事功成雪洗尘，化工着意制清新。
遂教天下无双色，来作人间第一春。
未许调羹傅岩老，聊从牵兴杜陵人。
遥知月下绕千匝，桃李成蹊未是频。

岁朝图　明　唐寅（传）

呈如碧禅师

相见无言意已传，不谈名利不谈禅。
梅影横斜端可画，清似寒岩落瀑泉。

37. 梅花

（宋）苏泂

清贞表独立，
半蕊便风流。
信有魁天下，
群芳未转头。

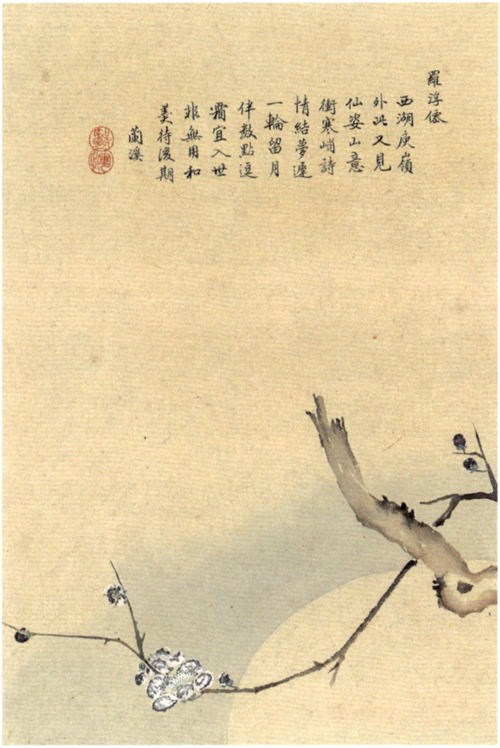

花卉八开之七　清　邹一桂

呈苏公

除却梅花不可无，梅花之外更何须。
花中儿女纷纷是，唯有梅花是丈夫。

38. 定风波·咏红梅

（宋）苏轼

好睡慵开莫厌迟。自怜冰脸不时宜。
偶作小红桃杏色，闲雅，尚余孤瘦雪霜姿。
休把闲心随物态，何事，酒生微晕沁瑶肌。
诗老不知梅格在，吟咏，更看绿叶与青枝。

花鸟图册之梅花　清　余稺

呈东坡居士

苗而不秀岂其天，天女维摩总解禅。
归卧竹根无远近，夜灯勤礼塔中仙。

39. 西江月 · 梅花

（宋）苏轼

玉骨那愁瘴雾，冰肌自有仙风。
海仙时遣探芳丛。倒挂绿毛么凤。
素面翻嫌粉涴，洗妆不褪唇红。
高情已逐晓云空。不与梨花同梦。

呈东坡居士

一枝风物便清和，看尽千林未觉多。
结习已空从著袂，不须天女问云何。

梅花山鸟图　明　陈洪绶

40. 和商守宋郎中早梅

（宋）邵雍

山南地似岭南温，腊月梅开已浃辰。
耻与百花争俗态，独殊群艳占先春。
角中飘去凄于骨，笛里吹来妙入神。
秀额妆残黏素粉，画梁歌暖起轻尘。
宰君惜艳献州牧，太守分香及野人。
手把数枝重叠嗅，忍教芳酒不濡唇。

墨戏图册之九　清　金农

呈百源先生

数点梅花天地春，欲将剥复问前因。
寰中自有承平日，四海为家孰主宾。

41. 次韵次尹俊卿梅花绝句

八首其一　早梅

（宋）王灼

人间几桃李，漫漫化泥尘。
不恨收功晚，新年第一春。

呈颐堂先生

净扫清凉寺，一夕月阶霜。
仙摽不解寒，暗起著人香。

乾隆帝岁朝行乐图　清　郎世宁、沈源、周鲲、丁观鹏

42. 梅

（宋）王淇

不受尘埃半点侵，竹篱茅舍自甘心。
只因误识林和靖，惹得诗人说到今。

书城十二图册之梅花书屋　清　邹一桂

呈王公

一从梅粉褪残妆，涂抹新红上海棠。
开到荼蘼花事了，丝丝天棘出莓墙。

43. 梅花　二首其一

（宋）王铚

孤高来处自天人，末上常先万物新。
不有大寒风气势，难开小朵玉精神。
冰溪影斗斜斜月，粉镜妆成澹澹春。
直伴东风到青子，多情不逐雪成尘。

呈雪溪先生

横斜疏影句皆陈，清香更占世间新。
且对流年觅新意，广寒宫里自无伦。

香月潮音图　元　佚名

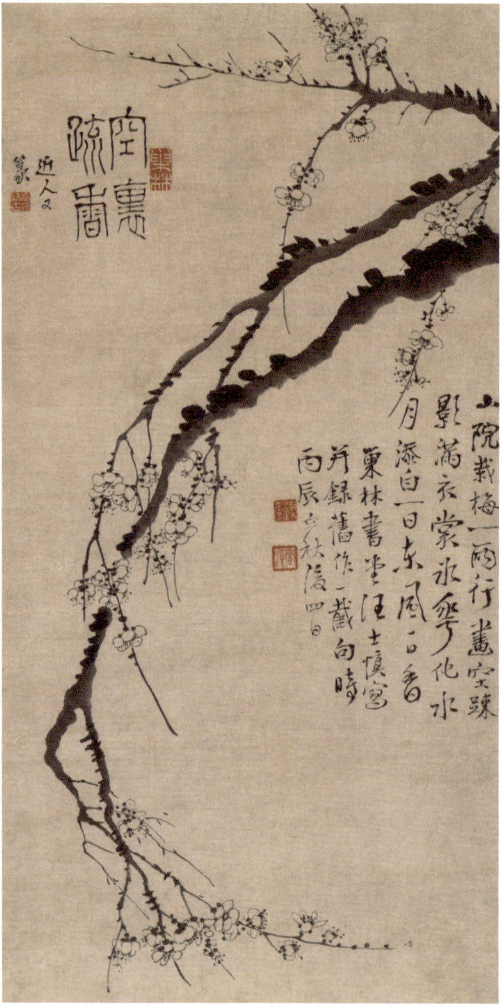

空里疏香图　清　汪士慎

44. 梅

（宋）文天祥

梅花耐寒白如玉，
干涉春风红更黄。
若为司花示薄罚，
到底不能磨灭香。

呈文山先生

西风游子万山影，明月故乡千里心。
雪中若作梅花梦，天涯芳草为谁深。

45. 梅花

（宋）王安石

墙角数枝梅，
凌寒独自开。
遥知不是雪，
为有暗香来。

香雪魂图（局部） 南宋 扬无咎

呈王公

春半花才发，多应不耐寒。
北人初未识，浑作杏花看。

46. 临江仙·探梅

（宋）辛弃疾

老去惜花心已懒，爱梅犹绕江村。
一枝先破玉溪春。更无花态度，全有雪精神。
剩向空山餐秀色，为渠著句清新。
竹根流水带溪云。醉中浑不记，归路月黄昏。

小春熙景图　元　赵雍

呈稼轩居士

满眼梅花深雪片，何人野鹤在鸡群。
扫除诸幻绝根尘，许事从今只任真。

47. 霜天晓月·梅

（宋）萧泰来

千霜万雪。受尽寒磨折。
赖是生来瘦硬，浑不怕、角吹彻。
清绝。影也别。知心惟有月。
原没春风情性，如何共、海棠说。

呈萧公

楼立梅峰最上头，日随元气与浮游。
道心快活云心似，飞去飞来得自由。

百页罗汉图册第九七开　清　石涛

万玉图　明　陈录

48. 梅花

四首其一

（宋）谢邁

姑射神游阅九关，
水晶宫殿不胜寒。
下窥人世生尘想，
故作梅花与俗看。

呈竹友居士

酷爱梅花似冰雪，淡如云水老禅师。
空花遍世不碍眼，吟成少陵七字诗。

49. 武夷山中

（宋）谢枋得

十年无梦得还家，
独立青峰野水涯。
天地寂寥山雨歇，
几生修得到梅花。

呈叠山先生

千红万紫争烂漫，梅竹携手隐空山。
安得根头知上品，天香流出满人间。

雪屐探梅图　南宋　夏圭

50. 烛下和雪折梅

（宋）杨万里

梅兄冲雪来相见，雪片满须仍满面。
一生梅瘦今却肥，是雪是梅浑不辨。
唤来灯下细看渠，不知真个有雪无。
只见玉颜流汗珠，汗珠满面滴到须。

梅竹寒禽图　宋　林椿

呈诚斋先生

无梅有竹竹无朋，有竹无梅梅独醒。
雪里霜中两清绝，梅花白白竹青青。

51. 梅花　三首其一

（宋）俞德邻

蝶隐蜂藏寂众芳，一枝寥落小溪傍。
林逋仙去无知己，明月清风是主张。

梅石溪凫图　南宋　马远

呈俞公

万顷湖光一苇杭，画桥横接旧堤长。
松环九里烟云湿，梅压孤山水月香。

52. 瑞鹧鸪·咏红梅

（宋）晏殊

越娥红泪泣朝云。越梅从此学妖颦。
腊月初头、庾岭繁开后，特染妍华赠世人。
前溪昨夜深深雪，朱颜不掩天真。
何时驿使西归，寄与相思客，一枝新。报道江南别样春。

梅花小鸟　明　陈洪绶

呈晏元献公

庭树有寒梅，安禅不记秋。
达性融三界，随缘极四流。

53. 题梵隐院方丈梅

（宋）晏敦复

亚槛倾檐一古梅，几番有意唤春回。
吹香自许仙人下，照影还容高士来。
月射寒光侵涧户，风摇翠色锁阶苔。
游蜂野蝶休相顾，本性由来不染埃。

以晏元献公诗呈晏公景初

习习条风拂曙来，清香犹绽雪中梅。
屠苏酒绿炉烟动，共献宜城万寿杯。

梅鹤图（局部） 清　虚谷

人物图　清　冷枚

54. 咏梅

（宋）喻良能

竹外江头带雪看，
花中清绝画应难。
玉肌莹骨冰姿瘦，
单著生绡怯暮寒。

呈香山先生

白练铢衣翠袂斜，洗妆不着脸边霞。
天寒日暮倚修竹，初见仙人萼绿华。

55. 梅花两绝句

其一

（宋）朱熹

溪上寒梅应已开，
故人不寄一枝来。
天涯岂是无芳物，
为尔无心向酒杯。

东阁观梅图　明　张翀

呈晦庵先生

瑞雪飞琼瑶，梅花静相倚。
独占三春魁，深涵太极理。

56. 月洲李贯友山捧檄来淦访我梅下示教禁体物语咏梅佳句今岁梅开月洲仙去追和元韵感此良友*

（宋）邹登龙

庭前有奇树，幽艳发寒柯。
寂寂众芳歇，绵绵生意多。
孤根依岭表，高节委岩阿。
清友今何在，悠悠空逝波。

梅花山馆图（局部） 清 吴历

呈邹公

闻道山居好，山川迥且深。
嘉树历清节，孤芳洁素心。

注："禁体物语"源于欧阳修在颍州任知府时创建"聚星堂"并在堂会客作《雪》诗，序云："玉、月、梨、梅、练、絮、白、舞、鹅、鹤，银等事，皆请勿用"，后苏轼又增加了盐、玉、鹤、鹭等字。苏轼至颍州任知府时，感怀写下《聚星堂雪》，序中云："与客会饮聚星堂。忽忆欧阳文忠作守时，雪中约客赋诗，禁体物语，于艰难中特出奇丽，尔来四十余年莫有继者。"

57. 岭梅

（宋）张道洽

到处皆诗境，
随时有物华。
应酬都不暇，
一岭是梅花。

十万图册之万横香雪　清　任熊

呈张公

百余年树未为古，三四点花何限春。
欲折一枝无处赠，世间少有识花人。

58. 十一月二十三夜通夕不寐为赋梅诗且怀斯远成父友弟及五首而晓书呈在伯

（宋）赵蕃

年年赋梅诗，不赋如有阙。于梅亦何事，我好自渠结。
昔人思故人，往往托风月。我今故人思，因梅念高节。

三星图 清 徐冈

呈章泉先生

见梅忆著故园春，寥落江山无故人。
目赋梅花第一篇，篱菊销香梅返魂。

59. 探春令・赏梅　十首其一

（宋）赵长卿

冰檐垂箸，雪花飞絮，时方严肃。
向寻常摇曳，凡花野草，怎生敢夸红绿。
江梅孤洁无拘束。只温然如玉。
自一般天赋，风流清秀，总不同粗俗。

四季花鸟图之冬　明　吕纪

呈仙源居士

梅花枝上东风软，朝来吹散真香远。
肩舆晓踏江头月，特地笼灯仔细看。

探梅图　清　冷枚

60. 菩萨蛮

（宋）赵令畤

春风试手先梅蕊。
頩姿冷艳明沙水。
不受众芳知。
端须月与期。
清香闲自远。
先向钗头见。
雪后燕瑶池。
人间第一枝。

呈藏六居士

少日怀山老住山，几年食息白云间。
梅英犹带春朝露，养真高静出尘寰。

61. 金溪寺梅花

（宋）赵汝愚

金溪有梅花矗矗，平生爱之看不足。
故人爱我如爱梅，来共寒窗伴幽独。
纷纷俗子何足云，眼看桃李醉红裙。
酒狂耳热仰天笑，不特恶我仍憎君。
但令梅花绕僧屋，梅里扶疏万竿竹。
相逢岁晚两依依，故人冰清我如玉。

苏轼留带图　明　崔子忠

呈赵忠定公

法身遍满三千界，影现天台水石间。
我欲直从心地见，来看磊魂听淙潺。

枇杷献寿图 明 陈洪绶

62. 折梅

（宋）赵时韶

行到颓墙与断桥，
试和明月拗枝头。
江南多少闲儿女，
带着梅花便带愁。

呈赵公

清清白白天然态，皎皎翘翘玉立身。
雪虐霜饕千万变，此花到底是全人。

63. 题梅

（宋）赵孟淳

雪意垂垂浸碧虚，
香生一缕上琴书。
何须百万西湖宅，
遇有梅花便可居。

呈竹所先生

风前红雨一枝浓，楼中几席与秋清。
世间是色皆为妄，一段风流可得成。

开春报喜图　明　顾正谊

64. 好事近·蜡梅

（宋）赵彦端

一种岁前春，谁辨额黄腮白。
风意只吟群木，与此花修别。
此花佳处似佳人，高情带诗格。
君与岁寒相许，有芳心难结。

仕女图（局部） 明 佚名

呈介庵居士

雪中梅艳风前竹，诗缘渐与情缘熟。
莫送往来名利客，墨花飞作淡云浮。

65. 蝶恋花·红梅

（宋）真德秀

两岸月桥花半吐。红透肌香，暗把游人误。
尽道武陵溪上路。不知迷入江南去。
先自冰霜真态度。何事枝头，点点胭脂污。
莫是东君嫌淡素。问花花又娇无语。

呈西山先生

一年好处如今是，西湖南山和靖庐。
皇天从来具老眼，胜地不肯栖凡夫。

摹古册之二　明　陆远

五清图 清 恽寿平

66. 绝句

（金）王庭筠

竹影和诗瘦，
梅花入梦香。
可怜今夜月，
不肯下西厢。

呈黄华老人

寺里清潭塔影深，一帘凉月夜横琴。
花影未斜猫睡外，归兴秋风已不禁。

67. 题梅花扇面寄五十佥宪

（元）丁鹤年

忆向西湖踏早春，
万花如玉月如银。
一枝照影临清浅，
满面冰霜似故人。

层叠冰绡图　南宋　马麟

呈友鹤山人

山花水鸟皆知己，百遍相过不厌频。
岁晚山空谁是伴，北窗梅月最知心。

孤山放鹤图　明　项圣谟

68. 西湖梅

（元）冯子振

苏老堤边玉一林，
六桥风月是知音。
任他桃李争春色，
不为繁华易素心。

呈冯公

岩谷深居养素真，岁寒松竹淡相邻。
天然一种孤高性，特与增添一树春。

69. 题梅

（元）贡性之

平生心事许谁知，
不是梅花不赋诗。
莫向西湖踏残雪，
东风多在向阳枝。

呈南湖先生

江城钟鼓夜迢迢，霜月多情照寂寥。
更有梅花是知己，小窗斜度两三梢。

陪月闲行图　明　杜堇

70. 题李蓝溪梅花吟卷

（元）黄庚

孤芳不与众芳同，肯媚东君事冶容。
寒苦一生苏武雪，清高千古伯夷风。
琼瑶照树偏宜晚，铁石盘根却耐冬。
几度看花立霜晓，断肠都在角声中。

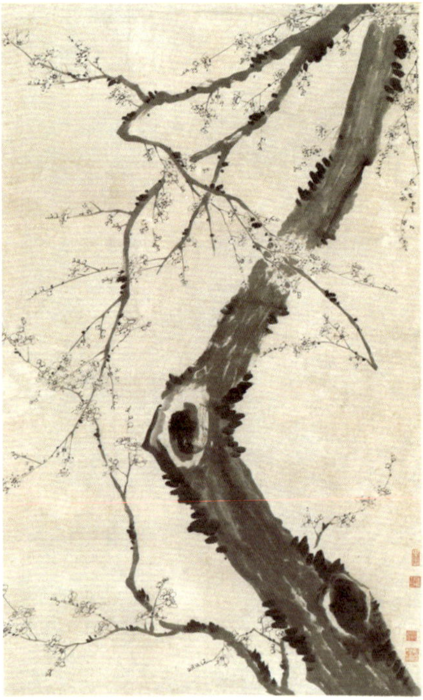

墨梅图　清　金农

呈黄公

半窗月落梅无影，篝灯开卷遣闲情。
乐道何须图富贵，读书元不为功名。

71. 观梅有感

（元）刘因

东风吹落战尘沙，
梦想西湖处士家。
只恐江南春意减，
此心元不为梅花。

岁朝图　清　邹一桂

呈静修先生

雪月冷怀随步履，掌中潜得岁寒枝。
天教一握藏春密，说与东君也不知。

梅花图册页（局部） 清 金农

72. 墨梅

（元）王冕

我家洗砚池头树，
个个花开淡墨痕。
不要人夸好颜色，
只留清气满乾坤。

呈梅花屋主

冰雪林中著此身，不同桃李混芳尘。
忽然一夜清香发，散作乾坤万里春。

73. 九字梅花咏

（元）中峰明本禅师

昨夜西风吹折千林梢，渡口小艇滚入沙滩坳。
野桥古梅独卧寒屋角，疏影横斜暗上书窗敲。
半枯半活几个㯳蓓蕾，欲开未开数点含香苞。
纵使画工奇妙也缩手，我爱清香故把新诗嘲。

呈明本禅师

自香自色自精神，察变知机始悟真。
勘破本根玄妙处，一团清气一团春。

雪后访梅图　明　陆治

梅溪放艇图　南宋　马远

74. 梅影

（元）周巽

江碧涵疏影，飘萧宛不群。
斜横半窗月，低转一帘云。
昼扫尘无迹，阴移篆有文。
常随芳质见，隐映雪缤纷。

呈周公

问法黄龙在，吟诗白鹤听。
琼树流清气，托此寄中情。

75. 戏题僧惟尧墨梅

（元）赵孟頫

潇洒孤山半树春，素衣谁遣化缁尘？
何如澹月微云夜，照影西湖自写真。

呈松雪道人

潇洒江梅似玉人，倚风无语澹生春。
自古神仙皆旷达，由来豪杰岂埃尘。

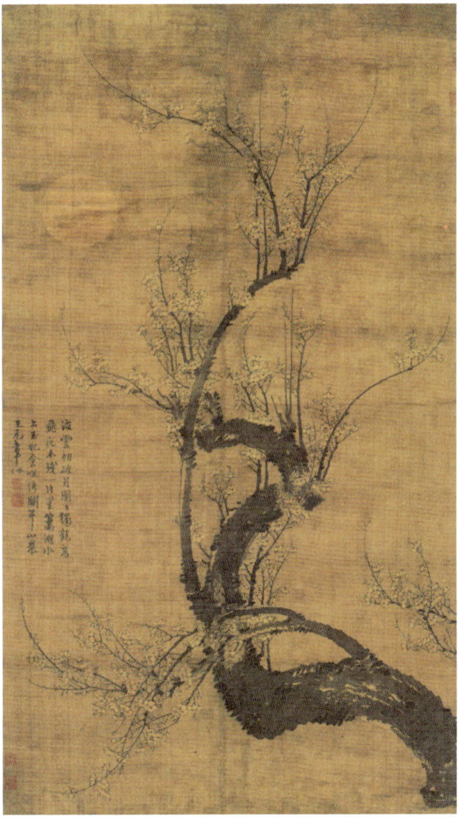

月下梅花图　元　王冕

76. 梅花庄诗为朱明仲赋

（明）龚诩

先生卜筑吴城曲，剩种梅花绕吟屋。
自期岁晚供诗料，岂慕平泉与金谷。
花开时节天正寒，雪花乱洒迷林峦。
杖藜引鹤饱幽玩，不与梨云同梦看。
归来袖手寒窗坐，石鼎有茶炉有火。
神交不觉两忘情，谁是梅花谁是我。

岩壑清晖册之一　明　佚名

呈钝庵先生

江夜月微明，梅花瘦影横。
念君千里外，多少岁寒情。

77. 题梅

二首其一

（明）胡俨

冷蕊疏花雪半干，
溪风岭月共盘桓。
不随桃李争春色，
独向山林守岁寒。

呈颐庵居士

一树梅花雪里看，一寸芳心铁石坚。
世上繁华俱不爱，独与此君同岁年。

百页罗汉图册第六二开　清　石涛

78. 山居　二十首其二

（明）憨山德清禅师

雪里梅花初放，暗香深夜飞来。
正对寒灯独坐，忽将鼻孔冲开。

梅溪高隐图　清　王翚

呈憨山大师

五云一水入南安，万叠山回六六滩。
行到水穷山尽处，梅花无数岭头看。

79. 耘庐放梅

（明）孙之琮

穿篱靠石满溪湾，几度东风意自闲。
瘦影忽移幽径月，斜枝犹倚小屏山。
拟将分被香初细，若比辞宫鬓欲斑。
异日西岗逢玉雪，苍茫犹忆旧林间。

以宋代张公拙轩诗呈孙公

冬深水涸未潺潺，数萼梅依翠竹间。待折归来占清赏，不须移近小屏山。

栽梅图　清　徐扬

80. 咏梅次杨廉夫韵

（明）唐寅

北风着面刮起霜，腊月何处寻红芳？
瘦筇曳尽湘竹节，双鞋踏倒江莎芒。
溪桥突兀田塍裂，雪里梅开梅胜雪；
不妨地上有微冰，且是江南好明月。
罗浮仙子丽风韵，广平才人领花信；
胸中漫有铁石肠，眼前且看鸦雏鬓。
三更炙灯雁足缸，十千沽酒螭头觞；
折得陇头逢驿使，先与天下颁春王。
衲衣结鹑何愁冷？醉眼模糊长不醒；
游遍西湖夜继明，休把东风负俄顷。

钟馗探梅图（局部） 清 金廷标

呈六如居士

因观赤壁两篇赋，不觉苏州夜半时。
梅花月落江南梦，大雪寻梅好写诗。

81. 题墨梅

（明）唐文凤

臞仙学仙被仙谪，何年飞身下瑶阙。
袖中犹带返魂香，熏透琼英寄愁绝。
玉京路远不得归，岁岁江南历冰雪。
白鹤唳断孤山云，青禽语冷罗浮月。
自从影落墨池春，清气犹存励清节。
缟衣谁恨污缁尘，要识广平心似铁。

呈唐公

月移疏影鹤归迟，春到寒花第一枝。砚池波翻月涵墨，写出清标素绡湿。

香山九老图（局部） 明 谢环

82. 王元章倒枝梅画

（明）徐渭

皓态孤芳压俗姿，不堪复写拂云枝。
从来万事嫌高格，莫怪梅花著地垂。

万玉争辉图　明　陈录

呈青藤老人

从来不见梅花谱，信手拈来自有神。
不信试看千万树，东风吹著便成春。

83. 院中梅花

（明）薛瑄

地位清高迥绝尘，官梅相对愈精神。
风霜拂处枝枝弱，霁雪消时蕊蕊新。
素质不移千古性，芳心长占四时春。
几回攀折情无限，笑比瑶华欲赠人。

冷香图　清　金农

呈薛公

白日青霄迥，红云紫极深。
坐惜梅花落，题诗忆远人。

84. 梅花图为严宪副题

（明）于谦

我家住在西湖曲，种得梅花绕茅屋。
雪消风暖花正开，千树珑璁缀香玉。
有时抱琴花下弹，有时展易花前读。
浩然清气满乾坤，坐觉心胸绝尘俗。
一从游宦来京师，几度梅花入梦思。
为君展卷题诗处，还忆开窗对月时。
醉墨淋漓染毫素，笔底生春若神助。
调羹鼎鼐愧无功，何时却踏西湖路。

梅月知心室图（局部） 清 钱杜

呈于公

荒城数里半淤沙，水边一犬吠人家。
遥忆江南好风月，客窗清夜梦梅花。

85. 题梅赠郭太守还镇江

（明）杨士奇

每忆春坊旧，寥寥叹晓星。
明时用郭伋，五马驻江城。
庠序弦歌盛，桑麻雨露荣。
梅花一片月，长伴使君清。

呈东里先生

移影上琴荐，梅映月娉婷。
一尘元不染，万籁寂无听。

举杯邀月图　南宋　马远

春山游骑图　明　周臣

86. 小哨山溪见梅

（明）左文臣

六十余年好梦阑，
春风大半绕征鞍。
老来翻惜春来早，
又把梅花马上看。

呈左公

尘海客来休击磬，松风月上或登楼。
谁临清寂无双境，从今随处是丹邱。

87. 折梅有感

（明）张泰

欲赋闲情思苦迟，却将多病恨芳时。
谁言句律春来细，开过梅花无好诗。

呈张公

梅花消息几时来，海鹤频过动藓痕。
绝却尘弦风奏曲，只应幽趣此中论。

游园仕女图　元　佚名

三星图 明 陈洪绶

88. 径山寺观梅

（明）周忱

天目山前夜月明，
寒梢疏蕊影纵横。
禅扉半启行吟处，
人比梅花一样清。

呈周公

茶鼎烟消鹤梦惊，水瓶香雪一枝明。
人间诗思寻常有，不比西湖分外清。

89. 裁梅

（明）卓敬

风流东阁题诗客，潇洒西湖处士家。
雪冷江深无梦到，自锄明月种梅花。

梅花图册页 清 金农

呈卓公

一声两声花鸟好，千树万树松风寒。
灌园只汲临池水，此心不啻天样宽。

先春报喜图　明　刘世儒

90. 红梅

（明）庄昶

万物相形本各真，
东风何意醉花神。
相看道眼休轻乱，
白白红红总是春。

呈定山先生

梅花明月写天机，写到无诗乃是诗。
若说无诗还错否，邵尧夫也不能知。

91. 题可梅卷

（明）张弼

千红万紫不胜春，
独有梅花最可人。
三尺枯桐一声鹤，
海天明月斗精神。

松梅双鹤图　清　沈铨

呈东海先生

山水情怀轩冕身，抗尘终不混流尘。
西湖十里梅花月，来伴扁舟载鹤人。

92. 咏红梅花得“红”字

（清）曹雪芹*

桃未芳菲杏未红，冲寒先喜笑东风。
魂飞庾岭春难辨，霞隔罗浮梦未通。
绿萼添妆融宝炬，缟仙扶醉跨残虹。
看来岂是寻常色，浓淡由他冰雪中。

红楼梦图册之琉璃世界白雪红梅（局部）
清　孙温

呈曹公

世事洞明皆学问，人情练达即文章。
入世冷挑红雪去，更有情痴抱恨长。

注：乾隆五十六年最早刻本《红楼梦》序言道：“红楼梦小说本名石头记，作者相传不一，究未知出自何人，惟书内记雪芹曹先生删改数过。”遂将书中诗作者亦写为曹雪芹先生。

93. 题梅花页

（清）金农

一枝两枝横复斜，
林下水边香正奢。
我亦骑驴孟夫子，
满头风雪为梅花。

呈冬心先生

砚水生冰墨未干，画梅须画晚来寒。
清到十分寒满把，不爱花人莫与看。

灞桥觅句图 清 董邦达

墨梅图　明　唐寅

94. 题画梅

（清）李方膺

挥毫落纸墨痕新，
几点梅花最可人。
愿借天风吹得远，
家家门巷尽成春。

呈晴江居士

写梅未必合时宜，莫怪花前落墨迟。
触目横斜千万朵，赏心只有两三枝。

95. 梅窗

（清）林维丞

几生修到话知心，
香气当窗脉脉侵。
最好碧纱笼月影，
孤山画稿静中寻。

呈林公

冰肌玉骨漏香痕，早与黄花斗艳繁。
想是台阳天气暖，不须十月便开樽。

山水楼阁图册之十　清　陈枚

梅花图（局部） 清 彭玉麟

96. 梅花

八首其八

（清）彭玉麟

英雄气概美人风，
铁骨冰心有孰同。
守素耐寒知己少，
一生惟与雪交融。

呈彭公

平生最薄封侯愿，愿与梅花过一生。
安得玉人心似铁，始终不负岁寒盟。

97. 题梅花页

（清）石涛

肌肤雪样玉为人，就里藏春未是春。
标首得君谁敢占，捧心学尔较难颦。
一百五日旧公案，二十四番今主宾。
弹压千花不敢出，天然标格照清真。

花卉册之十　清　石涛

呈清湘老人

古花如见古遗民，谁遣花枝照古人。
拟欲将诗对明月，尽驱怀抱入清新。

98. 折梅 二首其一

（清）袁枚

为惜繁枝手自分，剪刀摇动万重云。
折来细想无人赠，还供书窗我伴君。

饮酒读书图（局部） 明 陈洪绶

呈仓山居士

红梅但觉飞香久，绿草何曾借雨生。
双燕翅如迎晓日，百花心更望清明。

99. 梅花

（清）爱新觉罗·胤禛

绰约琼姿澹自真，
清标冒雪倍精神。
不同群卉争妖艳，
一种寒香最可人。

呈圆明居士

千山种遍峰峰玉，九陌开齐树树梅。
喜睹太平文物盛，天香满袖早朝归。

雍亲王题书堂深居图屏之烘炉观雪　清　佚名

100. 山中雪后

（清）郑燮

晨起开门雪满山，雪晴云淡日光寒。
檐流未滴梅花冻，一种清孤不等闲。

雍正十二月行乐图之腊月赏雪　清　佚名

呈板桥先生

一夜西风雪满山，折取寒花瘦可怜。
诗清云淡两无心，却在君家图画间。

牡丹赋 并序

（唐）舒元舆

古人言花者，牡丹未尝与焉。盖遁于深山，自幽而芳，不为贵者所知，花则何遇焉。天后之乡西河也，有众香精舍，下有牡丹，其花特异。天后叹上苑之有阙，因命移植焉。由此京国牡丹，日月浸盛，今则自禁闼洎官署，外延庶士之家，弥漫如四渎之流，不知其止息之地。每暮春之月，遨游之士如狂焉。亦上国繁华之一事也。近代文士，为歌诗以咏其形容，未有能赋之者。余独赋之，以极其美。或曰：子常以丈夫功业自许，今则肆情于一花，无乃犹有儿女之心乎？余应之曰：吾子独不见张荆州之为人乎。斯人信丈夫也，然吾观其文集之首，有荔枝赋焉。荔枝信美矣，然亦不出一果耳，与牡丹何异哉？但问其所赋之旨何如，吾赋牡丹何伤焉。或者不能对而退，余遂赋以示之。

圆玄瑞精，有星而景，有云而卿，其光下垂，遇物流形。草木得之，发为红英。英之甚红，钟乎牡丹。拔类迈伦，国香欺兰。我研物情，次第而观。暮春气极，绿苞如珠。清露宵偃，韶光晓驱。动荡支节，如解凝结。百脉融畅，气不可遏。兀然盛怒，如将愤泄。淑色披开，照曜酷烈。美肤腻体，万状皆绝。赤者如日，白者如月。淡者如赭，殷者如血。向者如迎，背者如诀。坼者如语，含者如咽。俯者如愁，仰者如悦。袅者如舞，侧者如跌。亚者如醉，曲者如折。密者如织，疏者如缺。鲜者如濯，惨者如别。初胧胧而下上，次鳞鳞而重叠。锦衾相覆，绣帐连接。晴笼昼熏，宿露宵浥。或灼灼腾秀，或亭亭露奇。或飐然如招，或俨然如思。或带风如吟，或泫露如悲。或重然如缒，或烂然如披。或迎日拥砌，或照影临池。或山鸡已驯，或威凤将飞。其态万万，胡可立辨。不窥天府，孰得而见。乍疑孙武，来此教战。其战谓何，摇摇纤柯。玉栏风满，流霞成波。历阶重台，万朵千窠。西子南威，洛神湘娥。或倚或扶，朱颜已酡。各炫红釭，争颦翠娥。灼灼夭夭，逶逶迤迤。汉宫三千，艳列星河。我见其少，孰云其多。弄彩呈妍，压景骈肩。席发银烛，炉升绛烟。洞府真人，会于群仙。晶荧往来，金釭列钱。凝睇相看，曾不晤言。未及行雨，先惊旱莲。公室侯家，列之如麻。咳唾万金，买此繁华。遑恤终日，一言相夸。列幄庭中，步障开霞。曲庑重梁，松篁交加。如贮深闺，似隔窗纱。仿佛息妫，依稀馆娃。我来睹之，如乘仙槎。脉脉不语，迟迟日斜。九衢游人，骏马香车。有酒如渑，万坐笙歌。一醉是竞，孰知其他。我案花品，此花第一。脱落群类，独占春日。其大盈尺，其香满室。叶如翠羽，拥抱比栉。蕊如金屑，妆饰淑质。玫瑰羞死，芍药自失。夭桃敛迹，秾李惭出。踯躅宵溃，木兰潜逸。朱槿灰心，紫薇屈膝。皆让其先，敢怀愤嫉。焕乎美乎，后土之产物也。使其花之如此而伟乎，何前代寂寞而不闻，今则昌然而大来？曷草木之命，亦有时而塞，亦有时而开？吾欲问汝，曷为而生哉？汝且不言，徒留玩以徘徊。

1. 惜牡丹花　二首其一

（唐）白居易

惆怅阶前红牡丹，晚来唯有两枝残。
明朝风起应吹尽，夜惜衰红把火看。

牡丹与猫图　清　佚名

2. 牡丹

（唐）方干

借问庭芳早晚栽，座中疑展画屏开。
花分浅浅胭脂脸，叶堕殷殷腻粉腮。
红砌不须夸芍药，白蘋何用逞重台。
殷勤为报看花客，莫学游蜂日日来。

花鸟图册之牡丹　清　余穉

3. 咏牡丹未开者

（唐）韩琮

残花何处藏，
尽在牡丹房。
嫩蕊包金粉，
重葩结绣囊。
云凝巫峡梦，
帘闭景阳妆。
应恨年华促，
迟迟待日长。

牡丹册之三（局部） 清 钱维城

富贵白头图　清　居廉

4. 戏题牡丹

（唐）韩愈

幸自同开俱隐约，
何须相倚斗轻盈。
凌晨并作新妆面，
对客偏含不语情。
双燕无机还拂掠，
游蜂多思正经营。
长年是事皆抛尽，
今日栏边暂眼明。

5. 赴东都别牡丹

（唐）令狐楚

十年不见小庭花，
紫萼临开又别家。
上马出门回首望，
何时更得到京华。

戏猫图　宋　佚名

6. 清平调　三首其一

（唐）李白

云想衣裳花想容，春风拂槛露华浓。
若非群玉山头见，会向瑶台月下逢。

簪花仕女图（局部）唐　周昉

7. 咏牡丹赠从兄正封

（唐）李益

紫蕊丛开未到家，却教游客赏繁华。
始知年少求名处，满眼空中别有花。

花下双鸳图　明　佚名

国色天香图　清　马逸

8. 咏牡丹

（唐）李正封

国色朝酣酒，
天香夜染衣。
丹景春醉容，
明月问归期。

9. 牡丹

（唐）李咸用

少见南人识，识来嗟复惊。
始知春有色，不信尔无情。
恐是天地媚，暂随云雨生。
缘何绝尤物，更可比妍明。

额摩鸟图 清 杨大章

钱茶山书画册之牡丹　清　钱维城

10. 牡丹

（唐）李商隐

锦帏初卷卫夫人，
绣被犹堆越鄂君。
垂手乱翻雕玉佩，
招腰争舞郁金裙。
石家蜡烛何曾剪，
荀令香炉可待熏。
我是梦中传彩笔，
欲书花叶寄朝云。

原注：《典略》云：夫子见南子在锦帷之中。

11. 牡丹

（唐）卢肇

绝代只西子，众芳唯牡丹。月中虚有桂，天上漫夸兰。
夜濯金波满，朝倾玉露残。性应轻菡萏，根本是琅玕。
夺日霞千片，凌风绮一端。稍宜经宿雨，偏觉耐春寒。
见说开元岁，初令植御栏。贵妃娇欲比，侍女妒羞看。
巧类鸳机织，光攒麝月团。暂移公子第，还种杏花坛。
豪士倾囊买，贫儒假乘观。叶藏梧际凤，枝动镜中鸾。
似笑宾初至，如愁酒欲阑。诗人忘芍药，释子愧旃檀。
酷烈宜名寿，姿容想姓潘。素光翻鹭羽，丹焰艳鸡冠。
燕拂惊还语，蜂贪困未安。倘令红脸笑，兼解翠眉攒。
少长呈连萼，骄矜寄合欢。息肩移九轨，无胫到千官。
日耀香房拆，风披蕊粉乾。好酬青玉案，称贮碧冰盘。
璧要连城与，珠堪十斛判。更思初甲坼，那得异泥蟠。
骚咏应遗恨，农经只略刊。鲁班雕不得，延寿笔将殚。
醉客同攀折，佳人惜犯干。始知来苑囿，全胜在林峦。
泥滓常浇洒，庭除又绰宽。若将桃李并，方觉效颦难。

百鸟朝凤图（局部） 清 沈铨

牡丹册之三（局部） 清 钱维城

12. 题牡丹

（唐）卢士衡

万叶红绡剪尽春，
丹青任写不如真。
风光九十无多日，
难惜樽前折赠人。

13. 再看光福寺牡丹

（唐）刘兼

去年曾看牡丹花，蛱蝶迎人傍彩霞。
今日再游光福寺，春风吹我入仙家。
当筵芬馥歌唇动，倚槛娇羞醉眼斜。
来岁未朝金阙去，依前和露载归衙。

普贤像　明　吴彬

十八学士图之琴　明　佚名

14. 思黯南墅赏牡丹花

（唐）刘禹锡

偶然相遇人间世，
合在增城何姥家。*
有此倾城好颜色，
天教晚发赛诸花。

注："增城何姥家"，如今广州增城何素女故居，即何仙姑家庙。何仙姑原名何素女，增城小楼镇仙桂村人，生于唐开耀年间，后得道成仙，皇帝闻"素女成仙"之事，赐"朝霞衣"，并刻碑为记（碑至今尚存）。

15. 赏牡丹

（唐）刘禹锡

庭前芍药妖无格，
池上芙蕖净少情。
唯有牡丹真国色，
花开时节动京城。

山水花鸟图册之牡丹（局部） 清 恽寿平

16. 牡丹

（唐）罗隐

似共东风别有因，绛罗高卷不胜春。
若教解语应倾国，任是无情亦动人。
芍药与君为近侍，芙蓉何处避芳尘。
可怜韩令功成后，辜负秾华过此身。

百种牡丹谱之斗口银红　清　蒋廷锡

17. 牡丹

（唐）皮日休

落尽残红始吐芳，
佳名唤作百花王。
竞夸天下无双艳，
独占人间第一香。

牡丹图　清　赵之谦

牡丹兰花　清　沈振麟

18. 题牡丹

（唐）捧剑仆

一种芳菲出后庭，
却输桃李得佳名。
谁能为向天人说，
从此移根近太清。

19. 牡丹

（唐）裴说

数朵欲倾城，
安同桃李荣。
未尝贫处见，
不似地中生。
此物疑无价，
当春独有名。
游蜂与蝴蝶，
来往自多情。

草虫图对幅之牡丹　元　江济川（传）

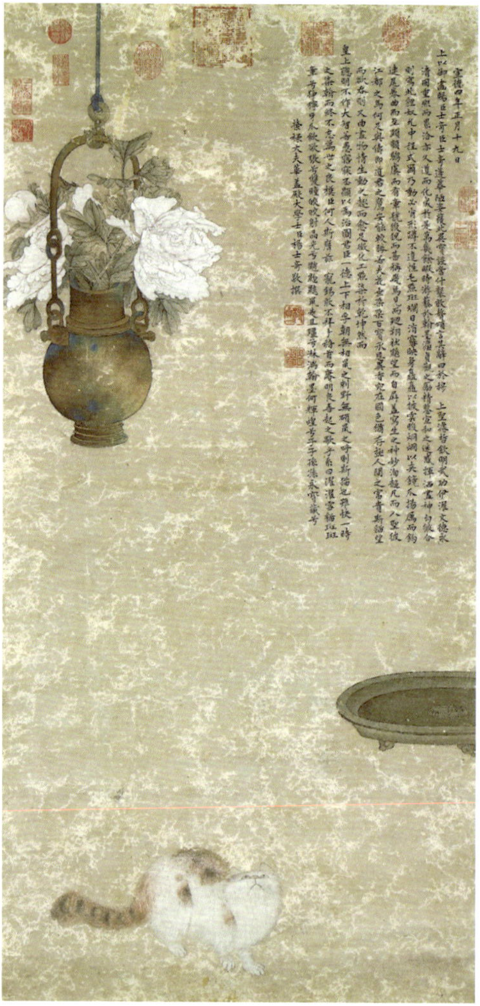

壶中富贵图　明　朱瞻基

20. 白牡丹

（唐）裴士淹

长安年少惜春残，
争认慈恩紫牡丹。
别有玉盘乘露冷，
无人起就月中看。

21. 题南平后园牡丹

（唐）齐己

暖披烟艳照西园，翠幄朱栏护列仙。
玉帐笙歌留尽日，瑶台伴侣待归天。
香多觉受风光剩，红重知含雨露偏。
上客分明记开处，明年开更胜今年。

花卉山水合册之恽寿平画设色牡丹（局部）
清　恽寿平、王翚

十六应真像之第十四纳阿噶塞纳尊者
清　丁观鹏

22. 赏牡丹应教

（唐）谦光*

拥衲对芳丛，
由来事不同。
鬓从今日白，
花似去年红。
艳异随朝露，
馨香逐晓风。
何须对零落，
然后始知空。

注：此诗作者一作法眼文益禅师，据宋代释本觉撰《释氏通鉴》中载，“法眼禅师，因江南李主。请入内庭。见牡丹花。主索师诗。师乃颂云。拥毳对芳丛。由来迥不同。发从今日白。花是去年红。艳异随朝露。馨香逐晚风。何须待零落。然后始知空。王顿悟其意。”

23. 牡丹

（唐）孙鲂

意态天生异，
转看看转新。
百花休放艳，
三月始为春。
蝶死难离槛，
莺狂不避人。
其如豪贵地，
清醒复何因。

玉堂富贵图　明　陈嘉选

花卉图　清　邹一桂

24. 牡丹

（唐）唐彦谦

真宰多情巧思新，
固将能事送残春。
为云为雨徒虚语，
倾国倾城不在人。
开日绮霞应失色，
落时青帝合伤神。
嫦娥婺女曾相送，
留下鸦黄作蕊尘。

25. 赏牡丹

（唐）王建

此花名价别，开艳益皇都。香遍苓菱死，红烧踯躅枯。
软光笼细脉，妖色暖鲜肤。满蕊攒黄粉，含棱缕绛苏。
好和薰御服，堪画入宫图。晚态愁新妇，残妆望病夫。
教人知个数，留客赏斯须。一夜轻风起，千金买亦无。

盥手观花图　南宋　佚名

四时花卉册之牡丹　清　程琳

26. 红牡丹

（唐）王维

绿艳闲且静，
红衣浅复深。
花心愁欲断，
春色岂知心。

27. 红白牡丹

（唐）吴融

不必繁弦不必歌，
静中相对更情多。
殷鲜一半霞分绮，
洁澈旁边月飐波。
看久愿成庄叟梦，
惜留须倩鲁阳戈。
重来应共今来别，
风堕香残衬绿莎。

杏花孔雀图　明　吕纪

28. 夜看牡丹

（唐）温庭筠

高低深浅一栏红，
把火殷勤绕露丛。
希逸近来成懒病，
不能容易向春风。

画牡丹　北宋　赵昌

29. 牡丹花　二首其二

（唐）徐夤

万万花中第一流，浅霞轻染嫩银瓯。
能狂绮陌千金子，也惑朱门万户侯。
朝日照开携酒看，暮风吹落绕栏收。
诗书满架尘埃扑，尽日无人略举头。

仿老莲品酒图　清　改琦

百种牡丹谱之红霞重润　清　蒋廷锡

30. 牡丹

（唐）徐凝

何人不爱牡丹花，
占断城中好物华。
疑是洛川神女作，
千娇万态破朝霞。

31. 西明寺牡丹

（唐）元稹

花向琉璃地上生，
光风炫转紫云英。
自从天女盘中见，
直至今朝眼更明。

北京法海寺壁画（局部） 明

玉堂富贵图　清　胡湄

32. 和王郎中召看牡丹

（唐）姚合

葩叠萼相重，烧栏复照空。
妍姿朝景里，醉艳晚烟中。
乍怪霞临砌，还疑烛出笼。
绕行惊地赤，移坐觉衣红。
殷丽开繁朵，香浓发几丛。
裁绡样岂似，染茜色宁同。
嫩畏人看损，鲜愁日炙融。
婵娟涵宿露，烂漫抵春风。
纵赏襟情合，闲吟景思通。
客来归尽懒，莺恋语无穷。
万物珍那比，千金买不充。
如今难更有，纵有在仙宫。

33. 赵侍郎看红白牡丹因寄杨状头赞图

（唐）殷文圭

迟开都为让群芳，贵地栽成对玉堂。
红艳袅烟疑欲语，素华映月只闻香。
剪裁偏得东风意，淡薄似矜西子妆。
雅称花中为首冠，年年长占断春光。

牡丹图（局部） 清 高凤翰

34. 杭州开元寺牡丹

（唐）张祜

浓艳初开小药栏，人人惆怅出长安。
风流却是钱塘寺，不踏红尘见牡丹。

罗汉图　清　佚名

35. 牡丹

（唐）张又新

牡丹一朵值千金，
将谓从来色最深。
今日满栏开似雪，
一生辜负看花心。

雍亲王题书堂深居图屏之立持如意　清　佚名

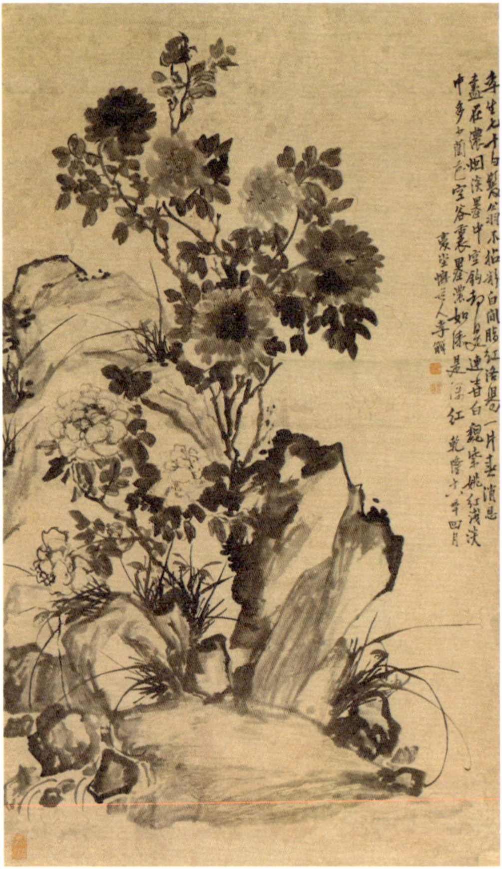

魏紫姚黄图 清 李鱓

36. 牡丹

（宋）陈与义

一自胡尘入汉关，
十年伊洛路漫漫。
青墩溪畔龙钟客，
独立东风看牡丹。

37. 僧首然师院北轩观牡丹

（宋）释道潜

鸟声鸣春春渐融，千花万草争春工。
纷纷桃李自缭乱，牡丹得体能从容。
雕栏玉砌升晓日，轻烟薄雾初冥蒙。
深红浅紫忽烂熳，如以蜀锦罗庭中。
姚黄贵极未易睹，绿叶遮护藏深丛。
露华膏沐披正色，肯事夭冶分纤秾。
从来品目压天下，百卉羞涩何敢同。
清净老禅根道妙，即此幻色谈真空。
上人封植匪玩好，庶敬先烈存遗风。
遨芳公子应未耳，且乐樽俎怡歌钟。

孔雀牡丹图　明　殷宏

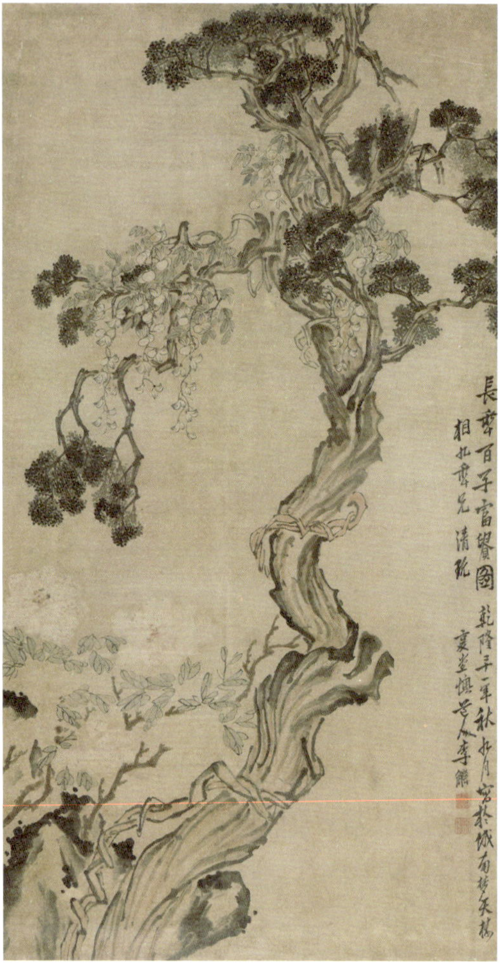

长年百子富贵图　清　李鱓

38. 西溪见牡丹

（宋）范仲淹

阳和不择地，
海角亦逢春。
忆得上林色，
相看如故人。

39. 和韩侍中同赏牡丹

（宋）范纯仁

秦地春光似洛阳，牡丹名擅百花场。
巧钟绝艳群芳后，高剪红云万叶强。
露满金盘看国色，风回绮席识天香。
酒酣只欲盈簪戴，聊伴衰颜照玉觞。

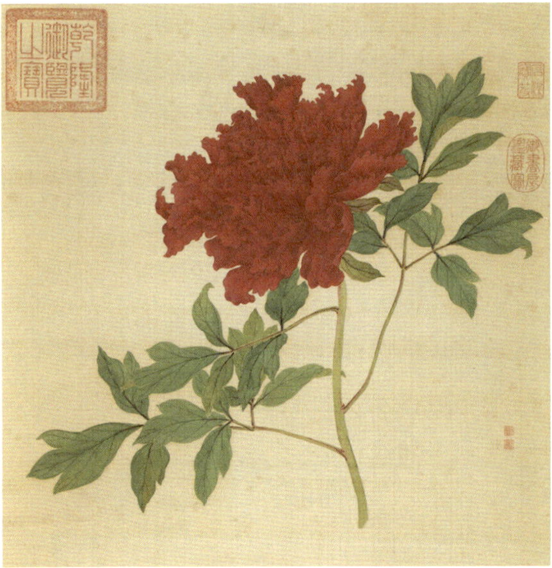

百种牡丹谱之萍实生香　清　蒋廷锡

40. 李良宠示牡丹长句谨赋 三首其一

（宋）傅察

一见奇葩泼眼明，两州风物寄争新。
十家京洛供长日，万朵东秦照暮春。
谛视尚疑倾国女，醉吟犹付谪仙人。
定知不是无情物，为有真香暗度频。

牡丹竹石图　清　华嵒

41. 闽中晓晴赏牡丹

（宋）葛长庚

晴窗冉冉飞尘喜，寒砚微微暖气伸。
唤醒东吴天外梦，化为南越海边春。

桃宾牡丹图　清　赵之谦

42. 牡丹 二首其二

（宋）韩琦

青帝恩偏压众芳，独将奇色宠花王。
已推天下无双艳，更占人间第一香。
欲比世终难类取，待开心始觉春长。
不教四季呈妖丽，造化如何是主张。

富贵双全图 清 陈星

百种牡丹谱之墨魁 清 蒋廷锡

43. 牡丹吟

（宋）金朋说

娇姿艳质号花王，
魏砌姚阶羡紫黄。
更有一株何处种，
天然标格出扶桑。

44. 牡丹

（宋）卢梅坡

玉栏四面护花王，一段风流似洛阳。
深院不须驱野鹿，只愁蜂蝶暗偷香。

牡丹蝴蝶图　元　沈孟坚

45. 一百五多叶白牡丹答陈度支 二首其一

（宋）刘敞

玉色天香无与俦，猝风暴雨判多愁。
君知大半春将过，初识人间第一流。

牡丹山鹧图 清 徐扬

46. 一百五多叶白牡丹答陈度支

二首其二

（宋）刘敞

嵩少雨晴寒食时，年年驿使按瑶墀。
尘埃落莫长安陌，笑倚春风不自知。

花卉册之牡丹　清　王武

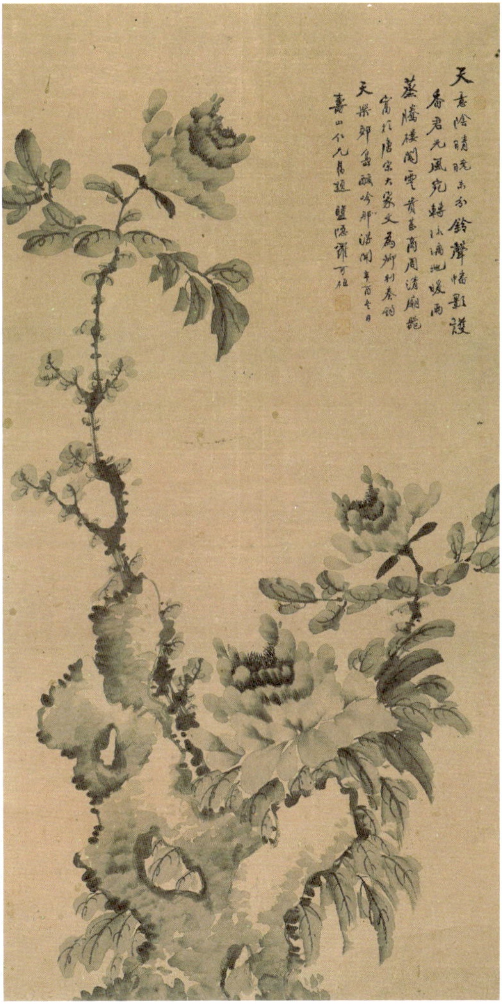

牡丹图　清　罗可恒

47. 冬日牡丹

五绝其三

（宋）刘才邵

谁谓冰霜惨刻辰，
暗中和气自生春。
花神显现东君意，
说似何劳解语人。

48. 司令为牡丹集次坐客韵

（宋）刘克庄

古人曾道四并难，酒量黄花顿觉宽。
谁与蔡欧修旧谱，且为姚魏暖春寒。
饮狂尚欲簪巾舞，漏尽何妨秉烛看。
国色老颜不相称，世间何处有还丹。

九老图（局部） 明 黄彪

牡丹图（局部） 清 蒲华

49. 西溪看牡丹

（宋）吕夷简

异香秾艳厌群葩，
何事栽培近海涯。
开向东风应有恨，
凭谁移入五侯家。

岁朝图　清　毛周

50. 剪牡丹感怀

（宋）陆游

雨声点滴漏声残，
裋褐犹如二月寒。
闭户自怜今伏老，
联鞍谁记旧追欢。
欲持藤榼沽春碧，
自傍朱栏剪牡丹。
不为挂冠方寂寞，
宦游强半是祠官。

51. 赏小园牡丹有感

（宋）陆游

洛阳牡丹面径尺，鄜畤牡丹高丈余。
世间尤物有如此，恨我总角东吴居。
俗人用意若局促，目所未见辄谓无。
周汉故都亦岂远，安得尺棰驱群胡。

汉宫春晓图（局部） 明 仇英（传）

52. 谢少微兄惠牡丹　三首其三

（宋）楼钥

箫鼓声中醉九旬，落红万点正愁人。
眼明忽见倾城色，更向尊前作好春。

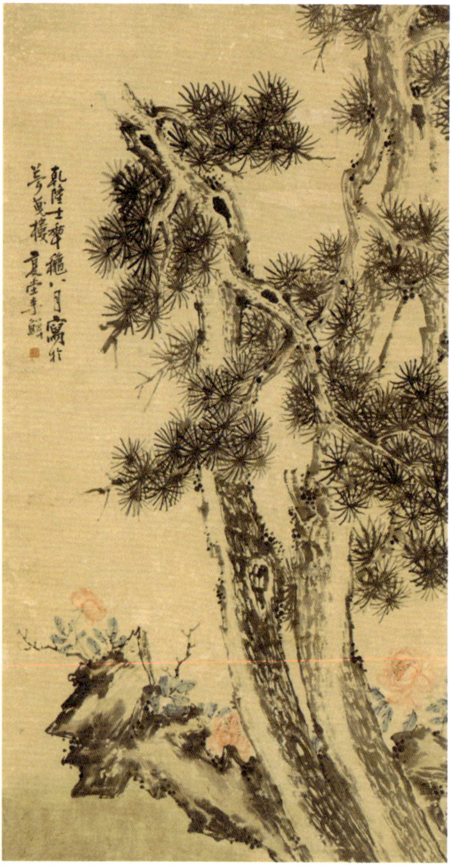

松石牡丹图　清　李鱓

53. 四月三日张十遗牡丹二朵

（宋）梅尧臣

已过谷雨十六日，犹见牡丹开浅红。
曾不争先及春早，能陪芍药到薰风。

牡丹图　清　樊圻

54. 洛阳牡丹图

（宋）欧阳修

洛阳地脉花最宜，牡丹尤为天下奇。我昔所记数十种，于今十年半忘之。
开图若见故人面，其间数种昔未窥。客言近岁花特异，往往变出呈新枝。
洛人惊夸立名字，买种不复论家资。比新较旧难优劣，争先擅价各一时。
当时绝品可数者，魏红窈窕姚黄妃。寿安细叶开尚少，朱砂玉版人未知。
传闻千叶昔未有，只从左紫名初驰。四十年间花百变，最后最好潜溪绯。
今花虽新我未识，未信与旧谁妍媸。当时所见已云绝，岂有更好此可疑。
古称天下无正色，但恐世好随时移。鞓红鹤翎岂不美，敛色如避新来姬。
何况远说苏与贺，有类异世夸嫱施。造化无情宜一概，偏此着意何其私。
又疑人心愈巧伪，天欲斗巧穷精微。不然元化朴散久，岂特近岁尤浇漓。
争新斗丽若不已，更后百载知何为。但应新花日愈好，惟有我老年年衰。

万有同春图（局部） 清 钱维城

55. 答西京王尚书寄牡丹

（宋）欧阳修

新花来远喜开封，呼酒看花兴未穷。
年少曾为洛阳客，眼明重见魏家红。
却思初赴青油幕，自笑今为白发翁。
西望无由陪胜赏，但吟佳句想芳丛。

百种牡丹谱之大紫　清　蒋廷锡

56. 酬尧夫招看牡丹　二首其一

（宋）司马光

群家牡丹深浅红，二十四枝为一丛。
不唯春光占七八，才华自是诗人雄。

十二月月令图之四月　清　画院

57. 和君贶老君庙姚黄牡丹

（宋）司马光

芳菲触目已萧然，独著金衣奉老仙。
若占上春先秀发，千花万卉不成妍。

百种牡丹谱之庆天香　清　蒋廷锡

58. 清辉殿双头牡丹

（宋）宋庠

禁籞含晖地，春英浥露天。万柯蒸协气，双花应祥篇。
傃日香弥酷，乘风艳欲然。联葩宸屋外，交影帝觞前。
咏掩华跗秀，名均紫脱妍。朝绥歌茂贶，声冠亿斯年。

瓶花图　清　郎世宁

59. 牡丹

（宋）苏轼

小槛徘徊日自斜，只愁春尽委泥沙。
丹青欲写倾城色，世上今无扬子华。

富贵花狸图　宋　佚名

60. 同状元行老学士秉道先辈游太平寺净土院观牡丹中有淡黄一朵特奇为作

（宋）苏轼

醉中眼缬自斓斑，天雨曼陀照玉盘。
一朵淡黄微拂掠，鞓红魏紫不须看。

凤凰图　宋　佚名

61. 雨中看牡丹　三首其一

（宋）苏轼

雾雨不成点，映空疑有无。时于花上见，的皪走明珠。
秀色洗红粉，暗香生雪肤。黄昏更萧瑟，头重欲相扶。

牡丹图　清　高凤翰

62. 雨中花慢

（宋）苏轼

今岁花时深院，尽日东风，荡飏茶烟。
但有绿苔芳草，柳絮榆钱。
闻道城西，长廊古寺，甲第名园。
有国艳带酒，天香染袂，为我留连。
清明过了，残红无处，对此泪洒樽前。
秋向晚，一枝何事，向我依然。
高会聊追短景，清商不暇余妍。
不如留取，十分春态，付与明年。

仙萼长春图册之牡丹　清　郎世宁

63. 牡丹吟

（宋）邵雍

牡丹花品冠群芳，
况是其间更有王。
四色变而成百色，
百般颜色百般香。

各色牡丹图　清　陈卓

孔雀玉兰牡丹图　清　沈铨

64. 牡丹

（宋）施枢

天然贵格镇群芳，
细雨丛中试宝妆。
肯与乱红争国色，
甘同柔绿挽春光。
玉阑倚困娇无力，
金鸭沉烟不敢香。
可惜承恩亭北赋，
苦无妙语告君王。

65. 书院杂咏　三十四首其一　牡丹

（宋）王十朋

今古几池馆，人人栽牡丹。
主翁兼种德，要与子孙看。

货郎图　北宋　苏汉臣（传）

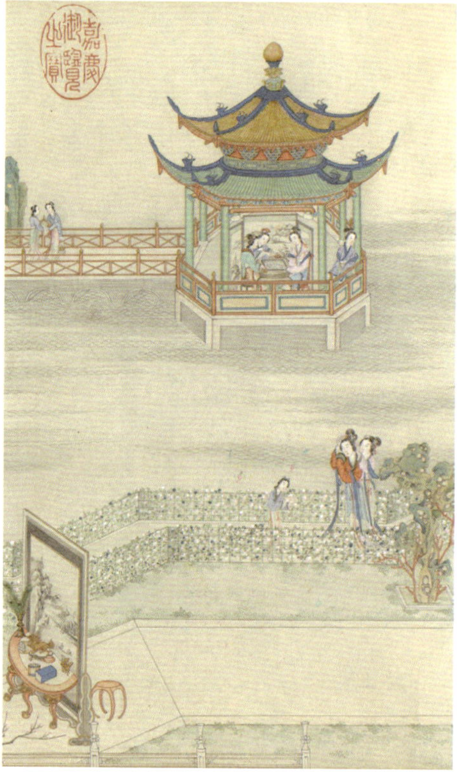

仿仇英汉宫春晓图（局部） 清 丁观鹏

66. 题徐熙牡丹图 *

（宋）吴皇后

吉祥亭下万千枝，
看尽将开欲落时。
却是双红有深意，
故留春色缓人思。

注：蔡襄（1012—1067 年）中年作《自书诗》，其中有《杭州临平精严寺西轩见芍药两枝追想吉祥院赏花慨然有感书呈苏才翁》曰：吉祥亭下万千枝，看尽将开欲落时。却是双红有深意，故留春色缀人思”；赵构皇后吴氏（1115 年—1197 年），“工于词翰”，将蔡公诗“缀”写为“缓”，题于徐熙画牡丹图上，一字之别，意大不同，题亦不同，故而选之并作说明。

67. 扬州席上次蒋右卫韵赋白牡丹　二绝其一

（宋）许及之

秋思凭高不易裁，阳和唤得故人来。
自怜梅萼成孤绝，借与春风一色开。

百种牡丹谱之太平楼阁　清　蒋廷锡

68. 临江仙

（宋）辛弃疾

只恐牡丹留不住，与春约束分明。
未开微雨半开晴。要花开定准，又更与花盟。
魏紫朝来将进酒，玉盘盂样先呈。
鞓红似向舞腰横。风流人不见，锦绣夜间行。

玉堂富贵图　清　邹一桂

69. 柳梢青・赋牡丹

（宋）辛弃疾

姚魏名流。年年揽断，雨恨风愁。
解释春光，剩须破费，酒令诗筹。
玉肌红粉温柔。更染尽、天香未休。
今夜簪花，他年第一，玉殿东头。

太平春色图　元　张中

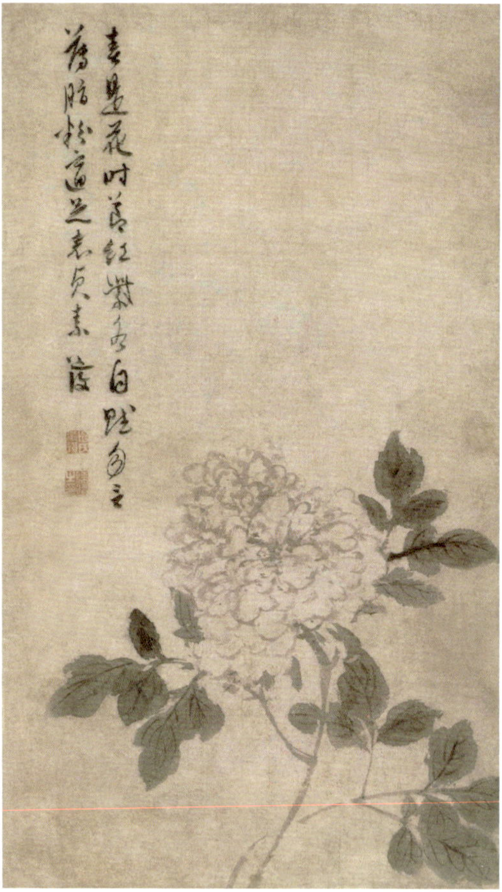

牡丹花卉图　明　陈淳

70. 白牡丹

（宋）叶茵

洛阳分种入侯家，
魏紫姚黄谩自夸。
素质不为颜色污，
看来清得似梅花。

71. 紫牡丹

二首其一

（宋）杨万里

万花不分不春妍，
究竟专春是牡丹。
紫锦香囊金屑暖，
翠罗舞袖掌文寒。
恨无国色天香句，
借与风条日萼看。
家有洛阳一千朵，
三年归梦绕栏干。

牡丹图　清　李方膺

72. 紫牡丹 三首其一

（金）元好问

金粉轻粘蝶翅匀，丹砂浓抹鹤翎新。
尽饶姚魏知名早，未放黄徐下笔亲。
映日定应珠有泪，凌波长恐袜生尘。
如何借得司花手，遍与人间作好春。

花卉册之牡丹　清　恽冰

73. 五月牡丹应制

（金）赵秉文

好事天公养露芽，阳和趁及六龙车。
天香护日迎朱辇，国色留春待翠华。
谷雨曾沾青帝泽，薰风又卷赤城霞。
金盘荐瑞休嗟晚，犹是人间第一花。

北京法海寺壁画（局部） 明

莲座大士像图　清　丁观鹏

74. 牡丹

（元）丁鹤年

名花倾国不凡材，
池馆春深尚未开。
风雨一宵桃李尽，
异香清晓九天来。

75. 次韵杨司业牡丹 二首其一

（元）吴澄

谁是旧时姚魏家，喜从官舍得奇葩。
风前月下妖娆态，天上人间富贵花。
化魄他年锁子骨，点唇何处箭头砂？
后庭玉树闻歌曲，羞杀陈宫说丽华。

宝槛天香图　清　董诰

牡丹双绶图　清　余省

76. 示小儿阿真牡丹

二首其二

（元）叶颙

浅红深紫间轻黄，
天下无花敢比芳。
素与东君同富贵，
肯随凡品擅称王。

77. 二月二日友人王景万园中牡丹初发景万置酒邀余赏之因令作诗以发其不平之鸣为赋七韵

（明）陈约

江南二月气初淑，牡丹叶抽攒嫩绿。
插竹成竿扶婀娜，筑台盈尺增发育。
不与桃李争春风，岂逐繁华共粗俗。
待看淑气过艳阳，杏桃落尽无余香。
数枝独殿百花吐，天然富贵轻寻常。
万紫千红总俱后，芍药荼蘼颜亦厚。
吁嗟世事何不然，且尽花前一杯酒。

九老图（局部） 明 黄彪

墨牡丹图　清　金廷标

78. 题墨牡丹图

（明）陈淳

洛下花开日，
妆成富贵春。
独怜凋落易，
为尔贮丰神。

79. 牡丹

（明）冯琦

百宝栏杆护晓寒，
沉香亭畔若为看。
春来谁作韶华主，
总领群芳是牡丹。

玉堂富贵图　五代南唐　徐熙

80. 洛阳春·题金瓶牡丹寿罗冰玉五十

（明）李东阳

洛阳花入长安早。似天风吹到。
绛罗高卷对罗郎，画与诗俱好。
一阳生处春先报。报先生知道。
年年画里看花来，看花老、人方老。

华春富贵图　宋　佚名

81. 陶王二君来赏牡丹

（明）李梦阳

同城何苦不同欢，况复春风到牡丹。
香满正宜携酒问，色深翻奈近灯看。
彩云黄雾晴长拥，澹月微霜夜故寒。
任使群芳妒倾国，古今须让百花冠。

孔雀图　明　卢朝阳

82. 题赵昌所画御屏牡丹

（明）浦源

绿芜春雨洛阳城，不见名花国已倾。
影落画屏何处物，断金残粉故宫情。

白鹰图　清　郎世宁

83. 广陵郑超宗圃中忽放黄牡丹一枝群贤题咏烂然聊复效颦遂得四首　其三

（明）钱谦益

一枝红艳笑沈香，道貌文心两擅场。
富贵看谁夸火齐，妖饶任尔媚青阳。
开尊正爱鹅儿色，拂槛偏怜杏子妆。
此是郑花人未识，无双亭畔为评量。

四季花鸟图屏之牡丹燕子　清　陈枚

84. 吴瑞卿染墨牡丹

（明）沈周

雨后风晴日杲杲，趁此看花花更好。
浇红要尽三百杯，请客不须辞量小。
野僧栽花要客到，急扫风轩破清晓。
知渠色相本来空，未必真成被花恼。
吴生又与花传神，纸上生涯春不老。
青春展卷无时无，姚家魏家何足道。

蕉石牡丹图　明　徐渭

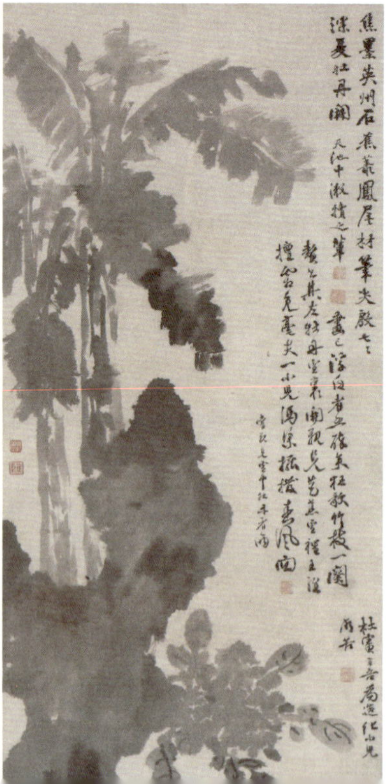

85. 题牡丹图扇面

（明）唐寅

倚槛娇无力，
临风香自生。
旧时姚魏种，
高压洛阳城。

牡丹图　明　陆治

86. 三月二十三日赏牡丹秉之不至有诗来次其韵

（明）王鏊

老去那能复种花，姚黄魏紫亦诚嘉。
岂知洛下平章宅，还到吴中野老家。
粉艳纷披晴堕雪，红香缭绕晚生霞。
扬州芍药何如此，空色于人岂有涯。

牡丹花卉图　元　佚名

87. 王太史宅赋得绿牡丹

（明）王世贞

洛阳名园十万家，天香国艳自争夸。
何如王子缑山岭，别有仙人萼绿华。
秦女晓妆将掩鬓，曲江春宴剪为纱。
姚黄魏紫应无限，并作山城五色霞。

百种牡丹谱之绿牡丹　清　蒋廷锡

88. 于景瞻宅赏牡丹花时已过感而有作呈诸公属和 二首其一

（明）张宁

惜花无奈看花迟，孤负春风第一枝。
急景最怜将落候，芳心还忆未开时。
赏因多病难胜酒，吟到无题别是诗。
分付东君好培护，与花先定隔年期。

岁朝图 清 蒋廷锡

89. 牡丹

（明）张淮

一捻残脂暗有神，至今猩血印来真。
莲清误得称君子，梅瘦虚曾化美人。
六曲阑前凝倦态，五纹茵上委芳尘。
若为得有韩湘术，四序常逢富贵春。

山水花卉神品册之牡丹　清　恽寿平

摹古十开之三　清　恽寿平

90. 温牡丹*

（清）爱新觉罗·弘历

蕤丽鼠姑芽，
春屏色映嘉。
特教先夏令，
真合是唐花。
顷刻舒繁蕊，
烟煴醉艳霞。
夺天工巧者，
胡不艺桑麻。

注：自汉代起我国已可在温室花房培育花卉，故此诗名为温牡丹。清代《日下旧闻考》云，“京师腊月即卖牡丹、梅花、绯桃、探春诸花，皆贮暖室，以火烘之，所谓堂花，又名唐花是也”。

91. 清平调·牡丹词十首 仿李太白清平调 其十

（清）彭孙贻

红尘京洛魏姚家，镇重东风冠物华。
试近屏山见容鬓，人间那更有名花。

锦囿鸣春图 明 陆治

92. 咏絜亭以画册寄索题 十首其三 牡丹

（清）阮元

谁将深色嘱东风，著力催成花一丛。
曾见宋人团扇好，一枝春满十分红。

班姬团扇图 明 唐寅

93. 春及草堂看牡丹

（清）孙星衍

款门两度入芳筵，煮茗清谈屏管弦。
笋味脆供微醉客，花光浓照半阴天。
闲中世事抛身外，乐处禅机在眼前。
回首曹南春似海，万丛不及一枝妍。

玉洞烧丹（局部） 明 仇英

岁朝清供图 清 赵之谦

94. 牡丹佛手画幛七绝

（清）谭嗣同

妙手空空感岁华，
天风吹落赤城霞。
不应既识西来意，
一笑惟拈富贵花。

95. 咏各种牡丹

（清）爱新觉罗·玄烨

晨葩吐禁苑，花莳就新晴。玉版参仙蕊，金丝杂绿英。
色含泼墨发，气逐彩云生。莫讶清平调，天香自有情。

牡丹图　清　蒋廷锡

96. 题元人张天顽墨牡丹

（清）杨晋

笔底分明一画禅，洛阳花色动云烟。
古人不与春同去，流落人间二百年。

水墨牡丹图　明　徐渭

97. 园景十二咏　其八　牡丹台

（清）爱新觉罗·胤禛

叠云层石秀，曲水绕台斜。
天下无双品，人间第一花。
艳宜金谷赏，名重洛阳夸。
国色谁堪并，仙裳锦作霞。

圆明园四十景图咏册之镂月开云*　清　唐岱、沈源

注："镂月开云"原名"牡丹台"，康熙、雍正、乾隆祖孙三代，曾在牡丹台同赏牡丹花开，乾隆即位后更名为"镂月开云"，并题书"纪恩堂"匾额悬于殿内。

98. 牡丹

（清）恽寿平

人间第一春，秾重不寻常。
几处亭台丽，倾城仕女狂。
云霞拥阶砌，锦绣压衣裳。
却笑荷衣客，朝朝彩笔忙。

十宫词图册之十 清 冷枚

99. 牡丹

（清）尤秉元

洛阳花谱几番新，
烂漫欣看谷雨辰。
晚出遂超群品上，
才开便足十分春。
倚栏妆重愁无力，
绕幕香浓欲醉人。
千载沉香遗迹在，
谁将绝调写风神。

孔雀开屏图　清　郎世宁

100. 张上舍盛夸亳州牡丹远过洛下因赋十绝以纪且订探花之约焉　其一

（清）朱昆田

洛下家家种牡丹，欧阳小谱旧曾看。
年来寂寞花王国，谯邑春风绽满阑。

月曼清游图册之庭院观花　清　陈枚

爱莲说

（宋）周敦颐

水陆草木之花，可爱者甚蕃。晋陶渊明独爱菊。自李唐来，世人甚爱牡丹。予独爱莲之出淤泥而不染，濯清涟而不妖，中通外直，不蔓不枝，香远益清，亭亭净植，可远观而不可亵玩焉。

予谓菊，花之隐逸者也；牡丹，花之富贵者也；莲，花之君子者也。噫！菊之爱，陶后鲜有闻。莲之爱，同予者何人？牡丹之爱，宜乎众矣！

1. 江南曲

（汉）佚名

江南可采莲，
莲叶何田田，
鱼戏莲叶间，
鱼戏莲叶东，
鱼戏莲叶西，
鱼戏莲叶南，
鱼戏莲叶北。

荷花图　清　吴应贞

太液荷风图（局部） 宋 冯大有

2. 芙蓉池

（魏）曹植

逍遥芙蓉池，
翩翩戏轻舟。
南阳栖双鹄，
北柳有鸣鸠。

3. 采莲曲

（南朝梁）吴均

锦带杂花钿，罗衣垂绿川。问子今何去，出采江南莲。
辽西三千里，欲寄无因缘。愿君早旋返，及此荷花鲜。

月曼清游图册之碧池采莲　清　陈枚

4. 采莲曲 二首其一

（南朝梁）萧纲

晚日照空矶，采莲承晚晖。风起湖难渡，莲多摘未稀。
棹动芙蓉落，船移白鹭飞。荷丝傍绕腕，菱角远牵衣。

莲塘泛舟图（局部） 北宋 王诜（传）

5. 采莲曲

（南朝梁）朱超

艳色前后发，缓楫去来迟。看妆碍荷影，洗手畏菱滋。

摘除莲上叶，拖出藕中丝。湖里人无限，何日满船时。

采莲图（局部） 明　唐寅

荷花图 清 陈书

6. 阶下莲

（唐）白居易

叶展影翻当砌月，
花开香散入帘风。
不如种在天池上，
犹胜生于野水中。

7. 秋池一枝莲

（唐）郭恭

秋至皆零落，
凌波独吐红。
托根方得所，
未肯即随风。

水面闻香图　明　文从简

莲渚文禽图　明　周之冕

8. 莲花

（唐）郭震

脸腻香薰似有情，
世间何物比轻盈。
湘妃雨后来池看，
碧玉盘中弄水晶。

雍亲王题书堂深居图屏之烛下缝衣 清 佚名

9. 盆池

五首其二

（唐）韩愈

莫道盆池作不成，
藕梢初种已齐生。
从今有雨君须记，
来听萧萧打叶声。

十八应真像册第七开　明　郑重

10. 采莲曲

（唐）贺知章

稽山罢雾郁嵯峨，
镜水无风也自波。
莫言春度芳菲尽，
别有中流采芰荷。

秋塘花鸭图　明　陈淳

11. 曲池荷

（唐）卢照邻

浮香绕曲岸，
圆影覆华池。
常恐秋风早，
飘零君不知。

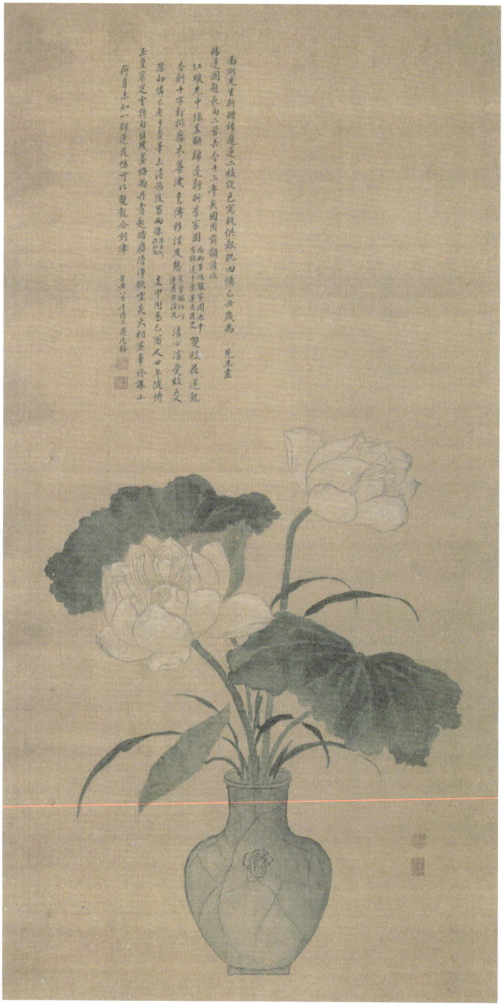

赐莲图　清　蒋廷锡

12. 咏白莲

二首其二

（唐）皮日休

细嗅深看暗断肠，
从今无意爱红芳。
折来只合琼为客，
把种应须玉甃塘。
向日但疑酥滴水，
含风浑讶雪生香。
吴王台下开多少，
遥似西施上素妆。

13. 题东林白莲

（唐）齐己

大士生兜率，空池满白莲。
秋风明月下，斋日影堂前。
色后群芳坼，香殊百和燃。
谁知不染性，一片好心田。

摹李公麟莲社图　明　文徵明、仇英

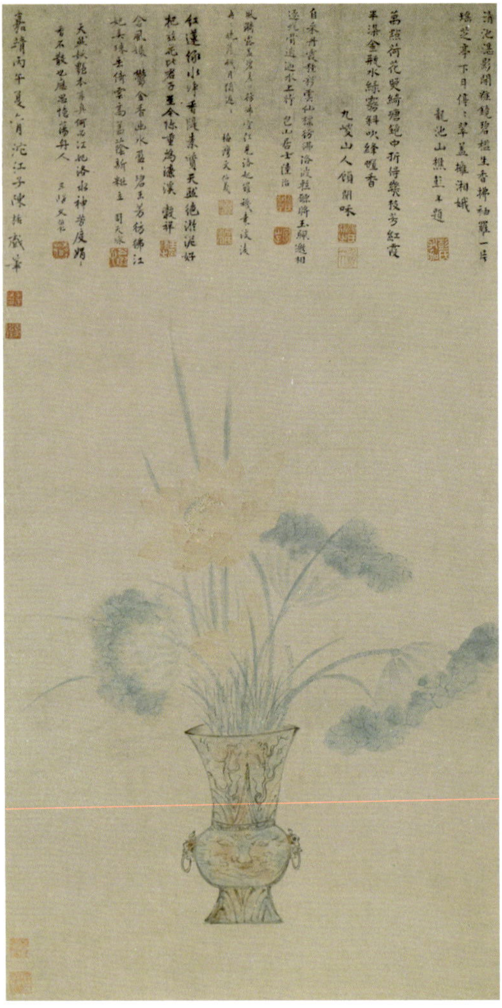

平安莲瑞图　明　陈括

14. 赠荷花

（唐）李商隐

世间花叶不相伦，
花入金盆叶作尘。
惟有绿荷红菡萏，
卷舒开合任天真。
此花此叶常相映，
翠减红衰愁杀人。

仕女图册之夏莲游艇　清　焦秉贞

15. 渌水曲

（唐）李白

渌水明秋月，
南湖采白蘋。
荷花娇欲语，
愁杀荡舟人。

芭蕉美人图 清 许良标

16. 古风

五十九首其二十六

（唐）李白

碧荷生幽泉，
朝日艳且鲜。
秋花冒绿水，
密叶罗青烟。
秀色空绝世，
馨香竟谁传。
坐看飞霜满，
凋此红芳年。
结根未得所，
愿托华池边。

荷亭消夏图　南宋　刘松年（传）

17. 题学公院池莲

（唐）李洞

竹引山泉玉甃池，
栽莲莫怪藕生丝。
如何不似麻衣客，
坐对秋风待一枝。

18. 桀公院各赋一物得初荷

（唐）李颀

微风和众草，大叶长圆阴。
晴露珠共合，夕阳花映深。
从来不著水，清净本因心。

东庄图册之北港（局部） 明 沈周

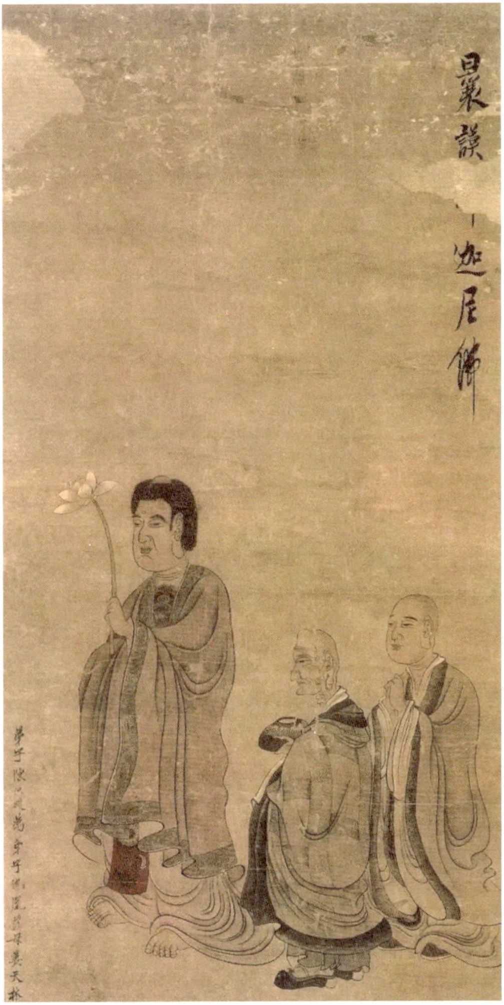

释迦牟尼佛　明　陈洪绶（传）

19. 庭柏盆莲颂

（唐）文益

一朵菡萏莲，
两株青瘦柏。
长向僧家庭，
何劳问高格。

20. 皇甫岳云溪杂题 五首其二 莲花坞

（唐）王维

日日采莲去，洲长多暮归。
弄篙莫溅水，畏湿红莲衣。

山水楼阁图册之七 清 陈枚

21. 采莲曲

三首其二

（唐）王昌龄

荷叶罗裙一色裁，
芙蓉向脸两边开。
乱入池中看不见，
闻歌始觉有人来。

采菱图　元　赵雍

荷凫图 清 朱耷

22. 高荷

（唐）元稹

种藕百余根，
高荷才四叶。
飐闪碧云扇，
团圆青玉叠。
亭亭自抬举，
鼎鼎难藏擪。
不学着水荃，
一生长怗怗。

荷塘鸳鸯图　清　沈铨

23. 莲叶

（唐）郑谷

移舟水溅差差绿，
倚槛风摇柄柄香。
多谢浣溪人不折，
雨中留得盖鸳鸯。

24. 莲花

（宋）包恢

暴之烈日无改色，生于浊水不受污。
疑如娇媚弱女子，乃似刚正奇丈夫。
有色无香或无实，三种俱全为第一。
实里中怀独苦心，富贵花非君子匹。

荷花图　明　陈洪绶

25. 满江红·咏白莲

（宋）葛长庚

昨夜嫦娥，游洞府、醉归天阙。
缘底事、玉簪堕地，水神不说。
持向水晶宫里去，晓来捧出将饶舌。
被薰风、吹作满天香，谁分别。
芳而润，清且洁。白如玉，寒于雪。
想玉皇后苑，应无此物。
只得赋诗空赏叹，教人不敢轻攀折。
笑李粗、梅瘦不如他，真奇绝。

杂画十二开之白荷花　清　金农

26. 赣上食莲有感

（宋）黄庭坚

莲实大如指，分甘念母慈。共房头𩭟𩭟，更深兄弟思。
实中有么荷，拳如小儿手。令我忆众雏，迎门索梨枣。
莲心正自苦，食苦何能甘。甘餐恐腊毒，素食则怀惭。
莲生淤泥中，不与泥同调。食莲谁不甘，知味良独少。
吾家双井塘，十里秋风香。安得同袍子，归制芙蓉裳。

连生贵子图　清　冷枚

27. 题三女冈白莲花　二首其二

（宋）僧惠日

白羽芬葩陆地莲，可曾摇曳水中天。
肯于素艳分新洁，不与红酣间碧鲜。
玉井无因期摘实，金园有兆必开先。
应知瑞与优昙并，一朵腾方万古传。

四季花卉图　清　蒋溥

壬辰八月十有二日寫生
古胥山樵
藕名嘉偶蓮出連房

花卉十开之莲蓬莲藕　明　项圣谟

28. 莲子寄外

（宋）龙辅

莲房新摘袖中携，
剖寄青青子数枚。
若识心头最清净，
莫嫌根脚本污泥。

莲花图　元　佚名

29. 莲池

（宋）刘攽

莲花水底红，
荷叶岸边风。
五月蝉鸣后，
君应爱此中。

30. 风流子·白莲

（宋）刘克庄

松桂各参天。石桥下，新种一池莲。
似仙子御风，来从姑射，地灵献宝，产向蓝田。
曾入先生虚白屋，不喜傅朱铅。
记茂叔溪头，深衣听讲，远公社里，素衲安禅。*
山间。多红鹤，端相久，蓦地飞去蹁跹。
但蝶戏鹭翘，有时偷近旁边。
对月中乍可，伴娥孤另，墙头谁肯，窥玉三年。
俗客浓妆，安知国艳天然。

圆明园四十景图咏册之多稼如云
清　唐岱、沈源

注："茂叔"即周敦颐，晚年居庐山莲花峰下，世称濂溪先生，宋代儒家理学思想开山鼻祖。"远公社"即东晋慧远大师于东林寺所创之"白莲净社"，慧远大师为净土宗初祖。

31. 荷花

二首其二

（宋）陆游

南浦清秋露冷时，
凋红片片已堪悲。
若教具眼高人看，
风折霜枯似更奇。

荷花图　清　高凤翰

32. 如梦令 二首其一

（宋）李清照

常记溪亭日暮，沉醉不知归路。
兴尽晚回舟，误入藕花深处。
争渡，争渡，惊起一滩鸥鹭。

秋浦蓉宾图 北宋 崔白

33. 张明叔家瑞莲

（宋）司马光

君家得莲种，远自浙江湄。
明烛然深碗，浓朱画细丝。
盛开尤菡萏，到落不离披。
岂独夏花好，仍兼秋实奇。
味长包石蜜，壳嫩剥燕脂。*
况复芬芳久，霜前殊未衰。

注：五代后唐马缟《中华古今注》云："以红蓝花汁凝作燕脂，以燕国所生，故曰燕脂，涂之作桃花妆"，白居易有句"燕脂漠漠桃花浅，青黛微微柳叶新"。

十八学士图（局部） 南宋 刘松年（传）

花卉十开之荷花荷叶　明　项圣谟

34. 小荷

（宋）宋祁

踏溪分藕养新荷，
钿盖斜临瑟瑟波。
自是天姿不污著，
水深泥浊奈君何。

35. 和吴侍郎见贶白莲

（宋）宋庠

田田香叶满桥阴，
镂玉仙葩照玉浔。
应恐天姿太明洁，
浅红微绿护芳心。

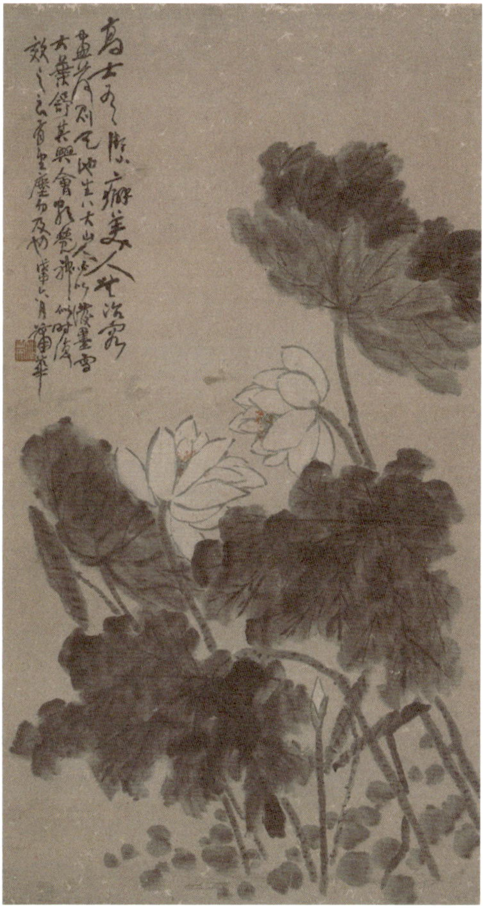

荷花图　清　蒲华

36. 荷花

（宋）宋伯仁

绿盖半篙新雨，红香一点清风。
天赋本根如玉，濂溪以道心同。

老莲抚古图册之六　明　陈洪绶

37. 县尉廨宇莲池

（宋）邵雍

县尉小斋前，水清池有莲。
岂唯观菡萏，兼可听潺湲。
宛类江湖上，殊非尘土边。
古人用心处，料得不徒然。

蓬莱仙弈图（局部） 明　冷谦（传）

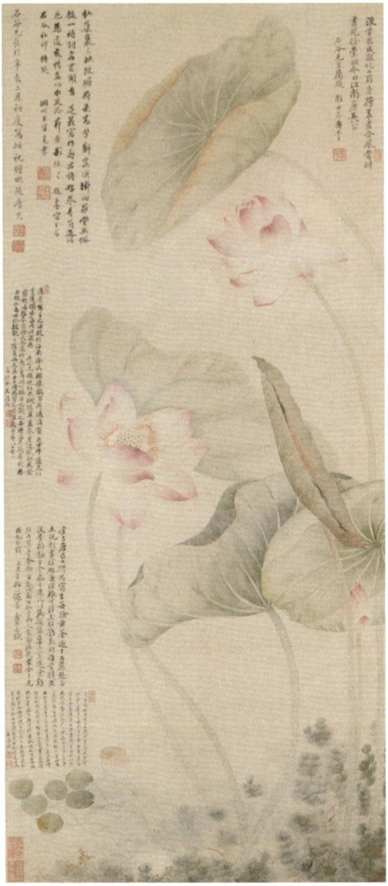

红莲绿藻图　清　唐艾、恽寿平

38. 荷华媚·荷花

（宋）苏轼

霞苞霓荷碧。
天然地、别是风流标格。
重重青盖下，
千娇照水，好红红白白。
每恨望、明月清风夜，
甚低迷不语，妖邪无力。
终须放、船儿去，
清香深处住，看伊颜色。

39. 浣溪沙·荷花

（宋）苏轼

四面垂杨十里荷。问云何处最花多？画楼南畔夕阳和。
天气乍凉人寂寞，光阴须得酒消磨。且来花里听笙歌。

周茂叔爱莲图　明　仇英（传）

40. 和文与可洋州园亭三十咏

其二十二　菡萏轩

（宋）苏辙

开花浊水中，抱性一何洁。
朱槛月明时，清香为谁发。

韩熙载夜宴图　明　唐寅

41. 菡萏亭

（宋）文同

日高过竹湖水光，
风长入座荷花香。
交红映绿满渠下，
各有意态随低昂。

爱莲图　宋　李公麟（传）

荷花图　清　孙师昌

42. 莲花

（宋）王迈

莲花出自淤泥中，
过眼嫣然色即空。
争似泥涂隐君子，
褐衣怀玉古人风。

罗汉像　元　佚名

43. 荷花

（宋）王月浦

雨余无事倚阑干，
媚水荷花粉未乾。
十万琼珠天不惜，
绿盘擎出与人看。

44. 凿池添种荷花

（宋）许及之

累石防花拾弃材，凿池种藕白余苔。
游鲦剩喜波光阔，飞鹭似知人意来。
已见圆荷浮小叶，正须细雨熟黄梅。
莫言旧隐无多景，一派清泉手自开。

莲池水禽图　五代南唐　顾德谦（传）

百页罗汉图册第八开　清　石涛

45. 白莲花

（宋）徐积

水一重重玉一重，
更无妖色媚西风。
虽然物外能为素，
又恐人间只爱红。

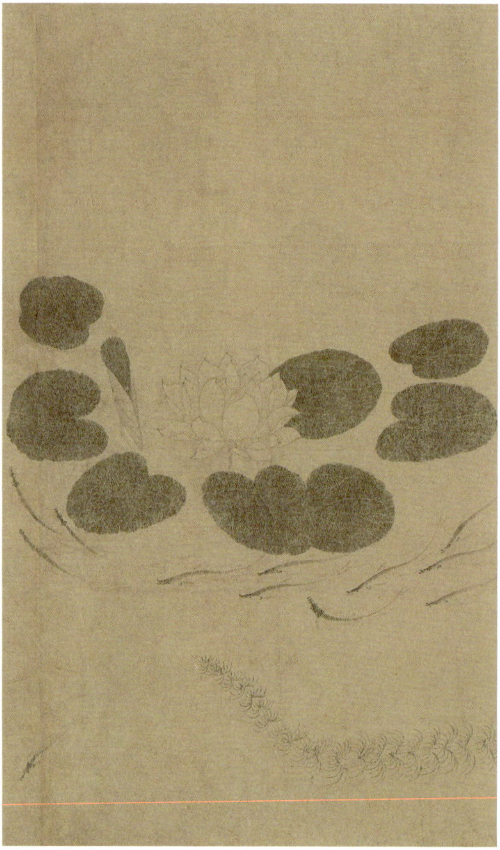

百花图（局部） 宋 佚名

46. 白莲

（宋）杨亿

昨夜三更里，
嫦娥堕玉簪。
冯夷不敢受，
捧出碧波心。

47. 瑞竹悟老种莲

（宋）杨杰

东林闻说好林泉，社会荒凉几百年。
灵物孰知崔氏竹，方池新种远公莲。
华严顿净三千界，庐阜重招十八贤。
应笑陶潜又归去，白云幽鸟伴归田。

罗汉图　元　佚名

48. 寄题邹有常爱莲亭

（宋）杨万里

道乡先生有族子，卜筑富川弄江水。
更穿两沼磨碧铜，分种芙蕖了秋事。
一沼花白一沼红，新亭恰当红白中。
此花不与千花同，吹香别是濂溪风。

休园图（局部） 清 王云

49. 晓出净慈送林子方 二首其二

（宋）杨万里

毕竟西湖六月中，风光不与四时同。
接天莲叶无穷碧，映日荷花别样红。

人物山水图册第十开（局部） 清 金农

花鸟图册之荷花　清　余稺

50. 小池

（宋）杨万里

泉眼无声惜细流，
树阴照水爱晴柔。
小荷才露尖尖角，
早有蜻蜓立上头。

51. 莲花峰次敬夫韵

（宋）朱熹

月晓风清堕白莲，世间无物敢争妍。
如何今夜峰头雪，撩得新诗续旧篇。

黄山十九景图册之莲花峰　清　梅清

52. 盆池白莲

（宋）郑刚中

芬陀利出盆池上，妙香薰我三生障。
月明风细愈严净，政恐下有威光藏。

原注：十风轮最上轮名殊胜威光藏，上持香水大莲花，即华藏世界千叶白莲花，名芬陀利。威光藏见《华严经》，芬陀利见《合论》。

花卉册之四　清　石涛

53. 嘉禾百咏 其四十七 白莲沼

（宋）张尧同

沧波围四面，艳艳玉开花。
自可除帘幕，清香不用遮。

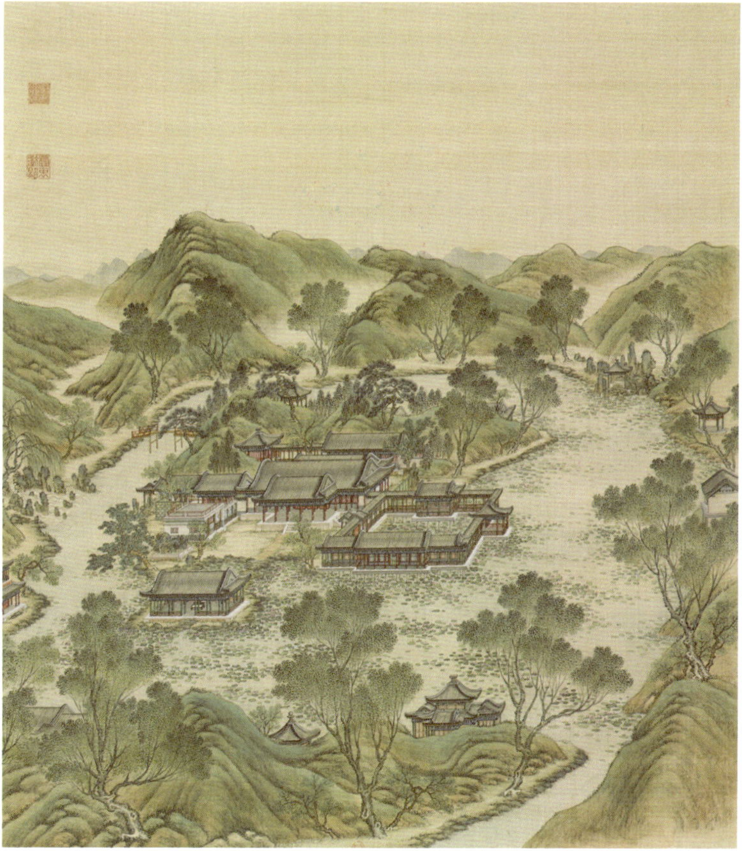

圆明园四十景图咏册之濂溪乐处 清 唐岱

54. 莲花

（宋）张继先

淡淡红生细细香，
半开人折寄山房。
只缘清净超尘垢，
颇似风流压众芳。

瓶荷图　明　沈周

55. 鹤冲天　二首其一　溧水长寿乡作

（宋）周邦彦

梅雨霁，暑风和，高柳乱蝉多。
小园台榭远池波，鱼戏动新荷。
薄纱厨，轻羽扇，枕冷簟凉深院。
此时情绪此时天，无事小神仙。

岩壑清晖册之四　明　佚名

56. 彼莲之美

（宋）曾丰

彼莲之美，为邹有常爱莲亭作也。

彼莲之美，心乎爱矣。所爱与直，渊乎其似。
厥根玲珑，庶乎屡空。厥干洞然，同乎大通。
厥华尚赤，故为火德。厥德靡常，虚室生白。
受知濂溪，爱莫助之。邹子知之，久而敬之。

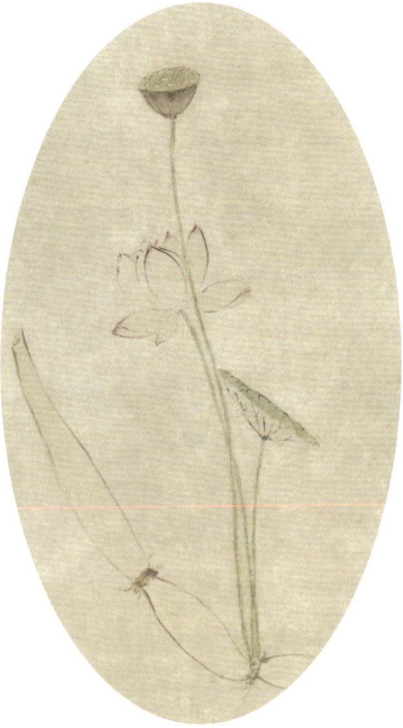

莲藕净因图　明　文嘉

57. 花木八咏

其三　荷叶露

（金）段成己

泉客将归返故渊，
西风渺渺碧波寒。
主人情厚无他赠，
一把真珠泣翠盘。

荷花小鸟图（局部）清　朱耷

58.［双调］骤雨打新荷

（金）元好问

绿叶阴浓。遍池塘水阁。偏趁凉多。
海榴初绽。妖艳喷香罗。
老燕携雏弄语。有高柳鸣蝉相和。
骤雨过。珍珠乱糁。打遍新荷。
人生有几。念良辰美景。一梦初过。
穷通前定。何用苦张罗。
命友邀宾宴赏。对芳樽浅酌低歌。
且酩酊。任他两轮日月。来往如梭。

雍正十二月行乐图之六月纳凉　清　佚名

墨醉杂画图册之六　清　石涛

59. 红莲白藕诗

二首其一

（元）丁鹤年

红莲白藕两相宜，
欲采临流意转迟。
莲子纵甜心独苦，
藕芽虽美腹多丝。

故宫图册之九成宫　南宋　赵伯驹

60. 画莲

（元）贡性之

吴王宫殿水流香，
步屧廊深暑气凉。
长日香风吹不断，
藕花多处浴鸳鸯。

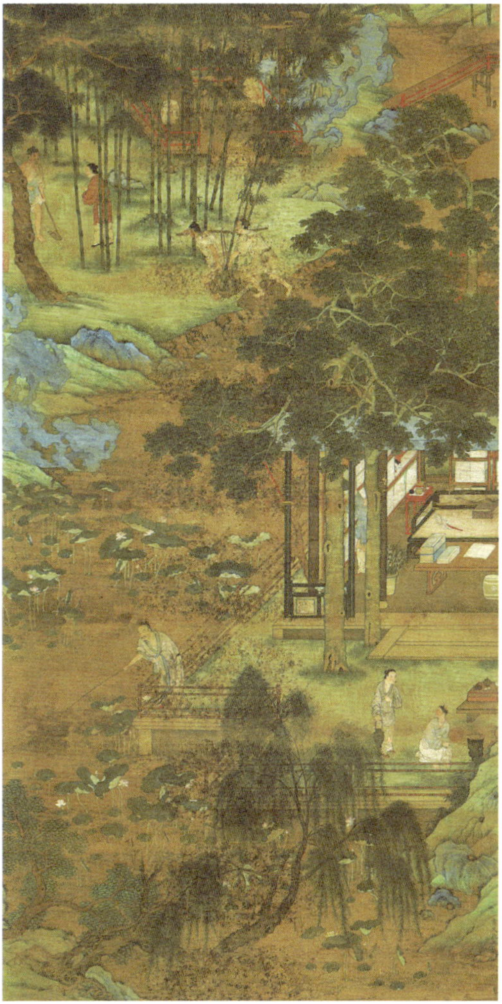

移竹图　明　仇英

61. 荷花

（元）何中

曲沼芙蓉映竹嘉，
绿红相倚拥云霞。
生来不得东风力，
终作薰风第一花。

残荷鹰鹭图　明　吕纪

62. 池荷

（元）黄庚

红藕花多倚碧栏，
秋风才起易凋残。
池塘一段荣枯事，
都被沙鸥冷眼看。

63. 同仲实南湖赏莲醉中走笔

（元）刘因

溢江泔寒风露凉，安得置我濂溪堂。
香尘缥缈芙蓉裳，百年得此南湖张。
举杯人胜境亦胜，有莲以来无此香。
莲香随酒来诗肠，得句惊起幽禽翔。
幽禽随人作嫦态，意欲和我风雩狂。
人间一味清到骨，两足暂付吾沧浪。
螟蛉蜾蠃卿且去，醉眼太华云间苍。

秋鹭芙蓉图　明　吕纪

64. 采莲曲

（元）吕诚

采莲落日下双舟，白縠风轻易觉秋。
浅浅溪流齐鹤膝，青青荷叶过人头。

莲池禽戏图（局部） 元 王渊

65. 莲藕花叶图

（元）吴师道

玉雪窍玲珑，纷披绿映红。
生生无限意，只在苦心中。

莲鹡鸰图（局部） 元 王渊

66. 荷花

（元）杨公远

竹边窗外小池塘，青盖亭亭拥靓妆。
莫把仙娥相比拟，合将君子为平章。
凋时堪供真人艇，老去犹充楚客裳。
几夜月明风露下，输侬受用许清香。

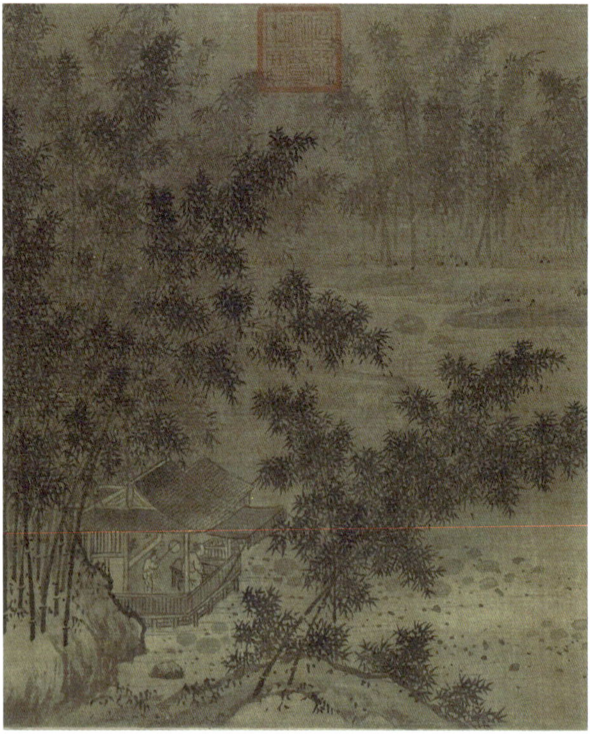

杜甫诗意图（局部） 宋 赵葵

仿赵大年水村图　清　王翚

67. 莲

（元）郑允端

本无尘土气，
自在水云乡。
楚楚净如拭，
亭亭生妙香。

68. 万柳堂席上作

（元）赵孟頫

万柳堂前数亩池，平铺云锦盖涟漪。
主人自有沧洲趣，游女仍歌白雪词。
手把荷花来劝酒，步随芳草去寻诗。
谁知咫尺京城外，便有无穷万里思。

万柳堂图　元　赵孟頫（传）

莲池禽戏图（局部） 元 王渊

69. 荷花渚禽

（明）方孝孺

绝世丰姿不受尘，
丹霞为质玉为神。
渚禽莫怪开时晚，
一洗寻常草木春。

70. 徐学士子容薜荔园 十二首其五 荷池

（明）顾璘

红莲日相鲜，白莲色如故。
秾华多改移，澹泊无外慕。
众人爱颜色，君子乐贞素。
荡舟方池阴，日暮独延伫。

纪恩图 清 张伯龙

71. 重和堡中八咏

其五　莲渚

（明）释函可

梦破荒天苦乐齐，
情存净污便成迷。
东方亦是莲华国，
何事迢迢愿更西。

北京法海寺壁画（局部）　明

荷花图 清 李鱓

72. 白莲次韵陈天游

二首其一

（明）黄佐

丘壑旧同赏，
琼琚新报词。
岳云增野色，
郢雪助芳姿。
枝蔓勿复道，
缁尘非所期。
悠然梦商皓，
千载慰相思。

73. 为释东旭咏白莲

（明）林鸿

淡月瑶池夜，微风太华阴。翠翻擎露盖，玉冷坠波簪。
一洗有为法，应全不染心。谁能招惠远，结社向东林。*

注："惠远"即东晋东林寺慧远大师。

百页罗汉图册第八六开　清　石涛

74. 盆荷次韵李宫允　二首其二

（明）潘希曾

赏心吟事病来慵，尚爱荷香一味浓。
翠盖偶倾如故好，红妆微笑为谁容。
出尘已绝三千界，过雨空疑十二峰。
更谢主人能好客，留连不觉醉高舂。

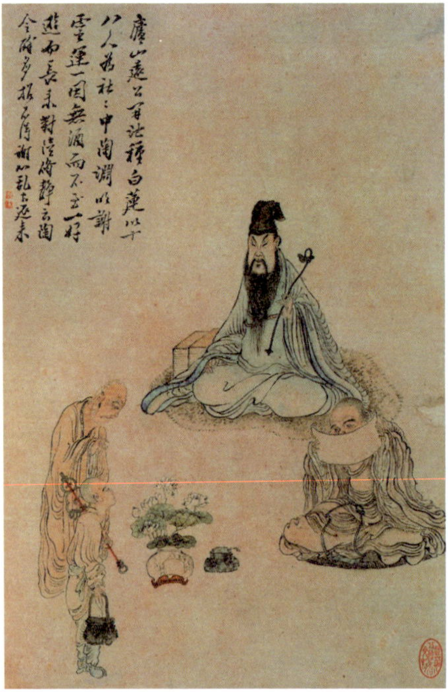

人物故事图之庐山观莲　清　上官周

75. 采莲

（明）钱婉

雨余风爽试轻罗，
薄暮兰舟采芰荷。
看去自怜颜色好，
摘来犹觉苦心多。

十宫词图册之一　清　冷枚

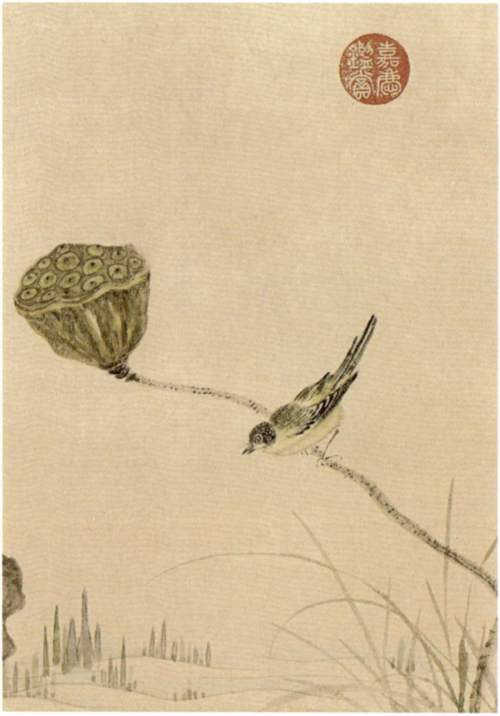

莲浦松荫图（局部） 明 朱瞻基

76. 观莲

（明）石珤

人皆爱莲红，
我独爱藕白。
那知根本心，
偶向沧浪得。

九歌图之湘君　元　赵孟頫（传）

77. 荷花仙子

（明）唐寅

一卷真经幻作胎，
人间肉眼误相猜。
不教轻踏莲花去，
谁识仙娥玩世来？

78. 红白荷花图为湛知县题

（明）王洪

并蒂芙蕖出水新，翠裳红袖玉精神。
半醒半醉秋波里，愁杀莲塘荡桨人。

荷花图　清　沈世杰

79. 采莲图

（明）文徵明

横塘西头春水生，荷花落日照人明。
花深叶暗不辨人，有时叶底闻歌声。
歌声宛转谁家女，自把双桡击兰渚。
不愁击渚溅红裳，水中惊起双鸳鸯。

人物山水图册第四开（局部） 清 金农

80. 题莲花庵水亭

（明）于慎行

西湖流入北城阴，小筑祇园切禁林。
阁上旃檀风细细，水边云树影沉沉。
天花晓落千门雨，仙梵寒飘万井砧。
咫尺青莲成净土，将因不染印禅心。

柳院消暑图（局部） 南宋 佚名

81. 并蒂莲花为陆桂平苍岩赋

（明末清初）陈恭尹

花随车雨发重重，况是炎州秀所钟。
天外远峰明二华，斗间神剑合双龙。
孤标直干心无异，并照晴波色各浓。
正好移栽向丹阙，洛阳宫殿号芙蓉。

聚瑞图　清　郎世宁

墨荷图 清 朱耷

82. 芰荷曲

三首其三

（明末清初）屈大均

藕荷在泥中，
洁白只自知。
花生两叶后，
节在不嫌迟。

瑞莲翎毛图　明　佚名

83. 荷花辞

十首其一

（明末清初）钱谦益

南浦荷花覆白蘋，
采莲歌断曲翻新。
芙蓉菡萏多名色，
不及荷花是可人。

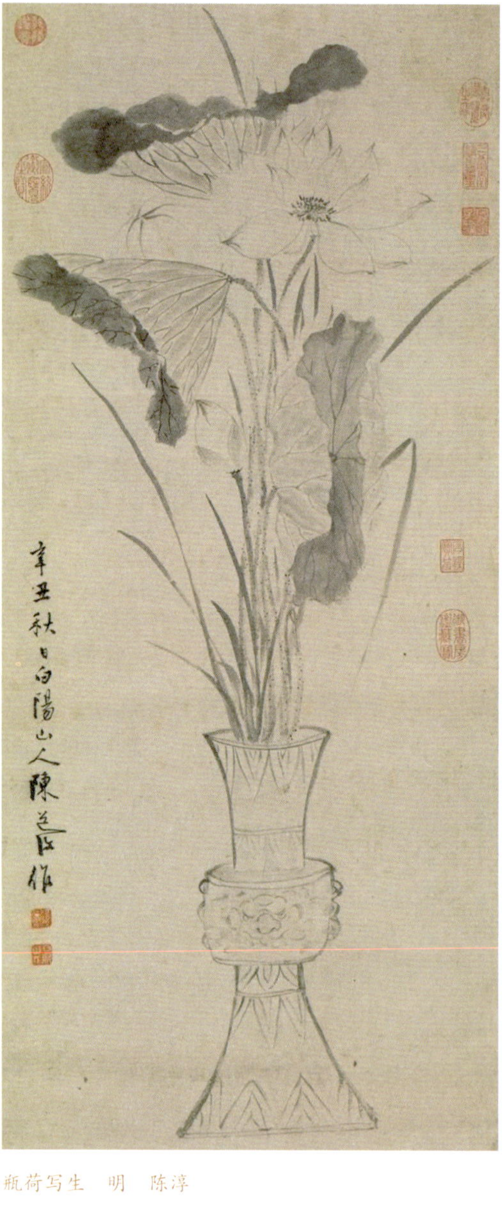

瓶荷写生　明　陈淳

84. 白莲

（清）安嵘

云为式样月为容，
君子人情淡愈浓。
不与朱华趋世态，
何嫌朴素寄芳踪。

85. 白莲

（清）安念祖

浮植亭亭自爱深，
前身冰玉到如今。
不嫌澹泊无人赏，
独向清涟展素心。

花鸟册之五　明　陈洪绶

86. 自怡园荷花 四首其二

（清）查慎行

雕阑北面小亭旁，久坐真成透骨香。
翠羽拂奁开皎镜，绿衣扶扇侍红妆。
繁华肯斗春三月，澹荡偏宜水一方。
马迹车轮寻不到，别依净域作花王。

弘历观荷抚琴图 清 佚名

87. 题邹一桂联芳谱即用其韵

其七　金丝荷叶　铁线莲花

（清）爱新觉罗・弘历

花亦濂溪叶亦田，绣成丝线定针仙。
看来却拟询毛郑，知在国风第几篇。

香象皈依图　明　文台

88. 题邹一桂联芳谱即用其韵

其十六 僧鞋菊 佛座莲

（清）爱新觉罗·弘历

神韵蓬蓬如远春，是云合相是分身。
一生行脚事已毕，坐证莲华座上人。

释迦牟尼佛 清 姚文瀚

89. 恭和御制晚荷元韵

（清）钱大昕

亭亭标格压群芳，秋晚犹开十里香。
依约风前明月佩，参差镜里绛绡装。
仙肌自识能离垢，素节何妨独傲霜。
画手崔吴应未识，溶溶只傍玉波长。

耄耋同春册（上册耄部）之六　清　沈振麟

90. 平山堂看荷花

（清）王玄度

云水无消歇，平堤尚芰荷。棹歌随意往，鸟语不能多。
山远迷秦望，天低近汨罗。老僧如旧燕，补屋又来过。

山水图　南宋　马远

91. 卜算子·咏莲

（清）吴绡

谁种白莲花。
秋到花开处。
陶令腾腾醉欲归，
香满庐山路。
莫笑出青泥。
心净还如许。
一片琉璃照影空，
常向波中住。

十万图册之万点青莲　清　任熊

92. 别池上芙蓉

（清）吴绮

池上芙蓉花，似解人将别。
当我欲去时，红英正奇绝。
临风故婀娜，映水转鲜洁。
我本相思人，对之徒怅结。
酹以一杯酒，芳华愿无歇。

荷花紫薇图　清　石涛

93. 涌翠岩观瀑赏白莲

（清）爱新觉罗·玄烨

毕竟天然造化功，方能巧设古今同。
喷云百尺穿岩石，瀑水千层点药丛。
波涌白莲承晓露，溪浮绿盖动香风。
经声似脱红尘外，泡影依稀宇宙中。*

百页罗汉图册第九二开　清　石涛

注：《金刚般若波罗蜜经》中云："一切有为法，如梦幻泡影，如露亦如电，应作如是观。"

莲燕图　南宋　牧溪

94. 夏燕新莲

二首其一

（清）爱新觉罗·玄烨

紫燕双双到案前，
天教霡雨足禾田。
临窗斜掠莲花影，
云与波光皆渺然。

95. 题出水芙蓉图

（清）恽寿平

冲泥抽柄曲，
贴水铸钱肥。
西风吹不入，
长护美人衣。

山水花鸟图册之出水芙蓉（局部） 清　恽寿平

96. 金莲花

（清）爱新觉罗·胤禛

菡萏敷鲜彩，绚烂云锦重。茜裳杂缟袂，擢艳白复红。
根株遍陂泽，名品将无同。昔传天竺师，钵咒青芙蓉。
非关造物力，色相自虚空。独有金莲号，图谱考莫从。
我来古塞北，野卉竞丰茸。罗生岩谷底，琐屑焉能穷。
灿然睹奇葩，谁施冶铸工。六丁鼓炉鞴，几费丹阳铜。
镂刻成千瓣，片片黄金熔。碧茎袅翠叶，挺出薰风中。
俨如九品台，宝络垂玲珑。金仙此趺坐，演偈降狞龙。
幽芳宜见赏，辇路会当逢。亭亭黄屋侧，照耀衔壁钉。
宸游每披拂，香气向日融。愿言植阶砌，净浥清露浓。
惜哉远难致，忍令伍蒿蓬。缀词续花谱，以冠群芳丛。

花卉册之二　清　绵亿

97. 荷花

（清）爱新觉罗·胤禛

袅袅摇波碧，亭亭映日红。芳能消暑气，秀独占薰风。
叶翠遮尘盖，茎香劝酒筒。仙姿时一挹，清洁与心通。

蒲塘秋艳图　清　恽冰

98. 园景十二咏　其十二　莲花池

（清）爱新觉罗·胤禛

云锦溥新露，纷披映柳塘。浅深分照水，馥郁共飘香。
姿美天然洁，波清分外凉。折花休采叶，留使荫鸳鸯。

荷花鸳鸯图　明　陈洪绶

99. 白莲花

（清）朱晓琴

骨秀亭亭映晓烟，
临风绰约更堪怜。
品超不羡群芳艳，
素质偏宜耐暑天。

荷香清夏图　明　许仪

枯荷鸂鶒图　元　张中

100. 秋荷

（清）郑燮

秋荷独后时，
摇落见风姿。
无力争先发，
非因后出奇。

附一：作者小注

梅花诗词作者小注

宋璟 邢州南和（今河北南和），唐朝名相，“居官鲠正”，“累封广平郡公”，谥文贞。

1. 鲍照 字明远。杜甫在《春日忆李白》中赞其“俊逸鲍参军”。有《鲍明远集》。

2. 陆凯 南朝诗人。

3. 崔道融 自号东瓯散人，有《东浮集》。

4. 杜甫 字子美，自称杜陵布衣、少陵野老。有《杜工部集》。

5. 李白 字太白，兴圣皇帝李暠九世孙，号青莲居士。有《李太白文集》。

6. 柳宗元 字子厚，河东（今山西永济）人，有《柳河东集》。

7. 齐己 号衡岳沙门，有《白莲集》、《风骚旨格》。纪昀称“唐诗僧以齐己为第一”。

8. 王维 字摩诘，笃信佛学，被誉“诗佛”。有《王右丞诗集》。

9. 王適 幽州（今北京）人。

10. 无尽藏禅师 六祖惠能大师首位女护法、女弟子。

11. 希运禅师 福州闽县（今福建福州）人，幼出家于黄檗山寺，世人尊称“黄檗和尚”。唐宣宗敕谥断际禅师，有《传心法要》。

12. 徐夤 字昭梦，莆田人，辞官后归隐故里延寿溪，有《探龙集》、《钓矶集》。

13. 晁冲之 字叔用，宋哲宗绍圣年，“屡拒荐举”，隐居具茨山下，世称“具茨先生”。有《晁具茨先生诗集》。

14. 晁补之　字无咎，怀慕五柳先生，晚年修归来园，号归来子，“苏门四学士”之一。有《鸡肋集》。

15. 蔡　戡　字定夫，蔡襄四世孙，有《定斋集》。

16. 杜　耒　字子野，号小山。

17. 方　岳　字巨山，号秋崖，有《秋崖集》。

18. 方蒙仲　以字行，名澄孙，号乌山。

19. 范成大　字致能，吴县（今江苏苏州）人，晚年隐居故里石湖，号石湖居士。有《范村梅谱》、《石湖诗集》等。

20. 范仲淹　字希文，谥文正。有《范文正公文集》。

21. 高文虎　字炳如，四明（今浙江宁波）人。

22. 葛长庚　字白叟，又名白玉蟾，别号海琼子、紫清真人等，全真教尊为“南五祖”之一，宋宁宗诏封“紫清明道真人”，世称“紫清先生”。有《海琼问道集》、《武夷集》等。

23. 胡　寅　字明仲，人称“致堂先生”。有《读史管见》、《斐然集》。

24. 侯　寘　字彦周。有《懒窟词》。

25. 黄　昇　字叔旸，号玉林，又号花庵词客，有《散花庵词》等。

26. 黄庭坚　字鲁直，号山谷道人，又号涪翁，与张耒、晁补之、秦观并称“苏门四学士”。谥文节。有《山谷集》。

27. 卢梅坡　宋人。

28—29. 姜　夔　字尧章，自号白石道人。有《白石道人歌曲》、《白石道人诗集》等。

30. 李公明　宋人。

31. 李弥逊　字似之，号筠溪居士，又号普现居士，有《筠溪集》、《筠溪乐府》。

32—33. 陆　游　字务观，号放翁。有《剑南诗稿》、《渭南文集》、《放翁词》等。

34. 林　逋　字君复，钱塘（今浙江杭州）人，隐居西湖孤山，种梅养鹤，遂有“梅妻鹤子”佳话。宋仁宗赐谥和靖先生。有《林和靖诗集》。

35. 潘　玙（一作屿）　四明（今浙江宁波）人。

36. 饶　节　字德操，名其居室为倚松庵，写偈“闲携经卷倚松立，试问客从何处来”，因号倚松道人，出家后更名如璧。有《倚松诗集》。

37. 苏　泂　字召叟，有《泠然斋集》。

38—39. 苏　轼　字子瞻，一字和仲，眉山人，处黄州时“治东坡，筑雪堂于上”，因号东坡居士，晚年又号老泉山人、老泉居士，千古风流人物，谥文忠。有《东坡全集》等。

40. 邵　雍　字尧夫，自号安乐先生，谥康节。因“独筑室于百源之上”苦读，人尊称为“百源先生”。有《击壤集》、《黄极经世》等。

41. 王　灼　遂宁人，字晦叔，号颐堂。有《颐堂先生文集》、《糖霜谱》、《碧鸡漫志》。

42. 王　淇　字菉猗。

43. 王　铚　字性之，汝阴（今安徽阜阳）人，自称汝阴老民，世称“雪溪先生”。有《雪溪集》、《默记》、《四六话》。

44. 文天祥　字履善，又字宋瑞，号文山，谥忠烈。有《文山集》、《文信公集杜诗》。

45. 王安石　字介甫，晚号半山，有《临川文集》等。

46. 辛弃疾　历城（今山东济南）人，原字坦夫，后更字幼安，号稼轩居士，谥忠敏。有《稼轩词》、《稼轩长短句》。

47. 萧泰来　字则阳，一字阳山，号小山。有《小山集》，已佚。

48. 谢　薖　字幼槃，号竹友居士，有《竹友集》。

49. 谢枋得　字君直，号叠山，弋阳（今属江西）人，有《叠山集》、《诗传注疏》、《文章轨范》。

50. 杨万里　字廷秀，自号诚斋，谥文节。有《诚斋集》、《诚斋易传》、《诚斋诗话》。

51. 俞德邻　字宗大，号太迂山人，名其书斋曰佩韦，有《佩韦斋辑闻》、《佩韦斋文集》。

52. 晏　殊　字同叔，谥元献。有《珠玉词》、《元献遗文》。

53. 晏敦复　字景初，晏殊曾孙。宋高宗叹其"卿鲠峭敢言，可谓无忝尔祖矣"。

54. 喻良能　义乌人（今属浙江），字叔奇，号香山，人称"香山先生"。有《香山集》。

55. 朱　熹　字元晦，后更字仲晦，号晦庵，谥文。有《晦庵集》、《原本周易本义》等。

56. 邹登龙　字震父，隐郊不仕，种梅绕屋，自号梅屋。有《梅屋吟》。

57. 张道洽　字泽民，号实斋，爱梅，有《实斋花诗》，已佚。

58. 赵　蕃　字昌父，号章泉，谥文节。与韩淲（号涧泉）交好，二人诗名同齐，世称"二泉先生"。有《淳熙稿》、《章泉稿》。

59. 赵长卿　宋宗室，号仙源居士。有《惜香乐府》。

60. 赵令畤　宋宗室，初字景贶，东坡居士为其更字德麟，自号聊复翁，又号藏六居士。有《侯鲭录》。

61. 赵汝愚　宋宗室，字子直，谥忠定。有《宋名臣奏议》。

62. 赵时韶　魏王赵廷美九世孙，有《孤山晚稿》，已佚。

63. 赵孟淳　赵孟坚弟，宋宗室，字子真，善画墨竹，自号竹所。

64. 赵彦端　字德庄，号介庵居士，魏王延美七世孙。有《介庵词》。

65. 真德秀　字景元，后更字景希，号西山，谥文忠。有《西山文集》、《西山读书记》、《心经》等。

66. 王庭筠　字子端，号黄华山主、黄华老人，“读书黄华山寺，因以自号”。有《黄华集》。

67. 丁鹤年　字亦鹤年，西域人，号友鹤山人。有《鹤年诗集》。

68. 冯子振　字海粟，号怪怪道人。尝与中峰明本禅师以梅花诗唱和，有《梅花百咏》。

69. 贡性之　宣城人（今安徽宣城），字友初，后更名悦，以祖居宣城南湖，号南湖先生。有《南湖集》。

70. 黄　庚　字星甫，天台（今属浙江）人，号天台山人，有《月屋漫稿》。

71. 刘　因　字梦吉，初名骃，初字梦骥（因其出生前夜，其父梦神人以马载一儿至其家，曰：善养之），号静修。谥文靖。有《静修集》、《四书集义精要》。

72. 王　冕　字元章，一生爱梅，隐居九里山，种梅千树，筑茅庐三间，自题为“梅花屋”，号梅花屋主、煮石山农等，名其居曰竹斋，有《竹斋集》。

73. 明本禅师　号中峰，钱塘（今浙江杭州）人，自号幻住老人，世称“江南古佛”。有《天目中峰和尚广录》、《幻住清规》、《梅花百咏》等。

74. 周　巽　字巽亨，号巽泉。有《性情集》。

75. 赵孟頫　宋太祖赵匡胤十一世孙，字子昂，号松雪道人。师从中峰明本禅师参学佛法。谥文敏。有《松雪斋集》。

76. 龚　诩　字大章，号钝庵，谥安节。有《野古集》。

77. 胡　俨　字若思，号颐庵。“修《太祖实录》、《永乐大典》，皆为总裁官。”有《颐庵文选》。

78. 憨山德清禅师　俗姓蔡，名德清，字澄印，曹溪中兴祖师，号憨山，世人尊称“憨山大师”。有《憨山大师梦游全集》。

79. 孙之琮　字元襄。张侃，宋人，字直夫，号拙轩，有《张氏拙轩集》。

80. 唐　寅　字伯虎，后更字子畏，吴县（今苏州）人，因《金刚般若波罗蜜经》中四句偈“一切有为法，如梦幻泡影，如露亦如电，应作如是观”，号六如居士。有《六如居士集》。

81. 唐文凤　字子仪，号梦鹤。有《梧冈集》。

82. 徐　渭　字文清，后更字文长，号天池，晚号青藤。有《徐文长集》、杂剧《四声猿》等。

83. 薛　瑄　山西河津人，字德温，号敬轩，谥文清。有《敬轩文集》、《读书录》等。

84. 于　谦　钱塘（今浙江杭州）人，字廷益，号节庵，弘治年谥肃愍，万历年改谥忠肃。有《忠肃集》。

85. 杨士奇　名寓，以字行，号东里，谥文贞。有《东里全集》、《历代名臣奏议》等。

86. 左文臣　字维良，号黄山，彝族，世袭蒙化（今云南巍山）七世土知府。

87. 张　泰　明人。

88. 周　忱　字恂如，号双崖，谥文襄。有《双崖集》。

89. 卓　敬　字惟恭，浙江瑞安人。明史载“敬立朝慷慨，美丰姿，善谈论，凡天官、舆地、律历、兵刑诸家，无不博究”。

90. 庄　昶　字孔暘，江浦（今南京浦口）人，号木斋，晚号活水翁，卜居定山二十年，世称“定山先生”，谥文节。有《定山集》。

91. 张　弼　字汝弼，华亭（今上海松江）人，居东海之畔，“尝观于海而有得焉，因以东海自号”。有《张东海先生集》。

92. 曹雪芹　满洲正白旗，名霑，字梦阮，号雪芹、芹圃、芹溪。

93. 金　农　字寿门，号冬心，自创“漆书法”，“扬州八怪”之首。有《冬心先生集》。

94. 李方膺　字虬仲，号晴江，“扬州八怪”之一，善画梅，有《梅花楼诗草》。

95. 林维丞　初名星垣，字维丞、薇臣，号亦图，其尝自言：不读五经，便觉心胸窒碍。编辑有《沧海拾遗》。

96. 彭玉麟　字雪琴，号退省斋主人，一生爱梅，人称“雪帅”，谥刚直。有《彭刚直公奏稿》、《彭刚直公诗集》等。

97. 石　涛　本名朱若极，明靖江王后裔，僧号道济，字石涛，号清湘老人、大涤子、苦瓜和尚等。与弘仁、髡残、朱耷并称“清初四僧”。有《苦瓜和尚画语录》。

98. 袁　枚　字子才，号简斋，晚年号仓山居士。辞官在江宁（今南京）小仓山下购隋氏废园，更名“随园”，世称“随园先生”。有《小仓山房诗集》、《随园诗话》等。

99. 爱新觉罗·胤禛　清世宗，谥号宪皇帝，笃信佛法，“圆而入神，君子之时中也；明而普照，达人之睿智也”，因号圆明居士，又号破尘居士。在位十三年，建元雍正。有《悦心集》、《世宗宪皇帝御制文集》、《御制拣魔辨异录》等。

100. 郑　燮　字克柔，号板桥，“扬州八怪”之一，自创“六分半书”。有《板桥诗钞》。

牡丹诗词作者小注

舒元舆　唐朝婺州东阳（今浙江金华）人。唐文宗观牡丹诵舒元舆作《牡丹赋》时，“为泣下”。有《舒元舆集》。

1. 白居易　祖籍太原（今属山西》，字乐天，晚号香山居士，又号醉吟先生。

2. 方　干　字雄飞。桐庐人（今属浙江），隐居镜湖，“蓄古琴，行吟醉卧以自娱”。门人私谥曰玄英先生。

3. 韩　琮　字成封，有《韩琮诗》。

4. 韩　愈　字退之，河南河阳(今河南孟州）人，自称“郡望昌黎”，人称“昌黎先生”，谥文，世称“韩文公”。有《昌黎先生集》。

5. 令狐楚　祖籍敦煌（今属甘肃)，字殼士，别号白云孺子，谥文。有《漆奁集》，编辑有《御览诗》。

6. 李　白　字太白，兴圣皇帝李暠九世孙，号青莲居士。有《李太白文集》。

7. 李　益　字君虞，陇西姑臧（今甘肃武威）人。有《李益集》。

8. 李正封　字中护，陇西（今甘肃临洮）人。

9. 李咸用　袁州（今江西宜春）人。有《披沙集》。

10. 李商隐　字义山，号玉溪生，又号樊南生。晚居郑州，与温庭筠合称为“温李”。

11. 卢　肇　字子发，宜春(今属江西）人,“自幼颖，拔不群”。有《文标集》、《愈风集》，已佚。

12. 卢士衡　后唐天成二年进士。有《卢士衡集》，已佚。

13. 刘　兼　长安（今陕西西安）人。由五代入宋，宋初曾任荥州刺史，曾修《旧五代史》。

14—15. 刘禹锡　字梦得，白居易称其“诗豪”。开成元年，为太子宾客，世称“刘宾客”。有《刘宾客文集》。

16. 罗　隐　本名横，后更名隐，字昭谏，号江东生，新城(今属浙江杭州）人。有《谗书》、《江东甲乙集》。与罗虬、罗邺齐名，世称“江东三罗”。

17. 皮日休　襄阳（今湖北襄樊）人，字袭美，一字逸少，早年居鹿门山，自号鹿门子，又号醉吟先生。有《皮子文薮》、《松陵集》。

18. 捧剑仆　咸阳郭氏之仆，喜题诗。

19. 裴　说　桂州(今广西桂林）人，逢唐末乱世，尝叹“避乱一身多”。有《裴说集》。

20. 裴士淹　河东（今山西永济）人，扶州刺史裴献曾孙。

21. 齐　己　号衡岳沙门，有《白莲集》、《风骚旨格》。纪昀称“唐诗僧以齐己为第一”。

22. 谦　光　金陵（今江苏南京）人。僧人。元宗尊为国师。

23. 孙　鲂　伯鱼，南昌（今属江西）人。有《孙鲂诗集》，已佚。

24. 唐彦谦　字茂业，并州晋阳(今山西太原）人。隐居鹿门山，号鹿门先生。有《鹿门先生集》。

25. 王　建　字仲和，一字仲初，颍川（今河南许昌）人，有《王司马集》。

26. 王　维　字摩诘，笃信佛学，被誉“诗佛”。有《王右丞诗集》。

27. 吴　融　字子华，越州山阴（今浙江绍兴）人。有《唐英歌诗》。

28. 温庭筠　本名岐，字飞卿，太原祁（今山西祁县）人。“与李商隐齐名，时号温李。”有《金筌集》及诗集等。

29. 徐　夤　字昭梦，莆田人，辞官后归隐故里延寿溪。有《探龙集》、《钓矶集》。

30. 徐　凝　唐浙江睦州人，有《徐凝诗》，亦善书法。

31. 元　稹　字微之，河南洛阳人，北魏昭成帝拓跋什翼犍十世孙，有《元氏长庆集》等。与白居易为至交，世称“元白”，诗称“元白体”。

32. 姚　合　吴兴（今属浙江）人，宰相姚崇曾孙。有《姚少监诗集》、《极玄集》。

33. 殷文圭　字表儒，小字桂郎，池州青阳（今安徽青阳）人。有《登龙集》、《笔耕词》等，均佚。

34. 张　祜　字承吉，南阳（今属河南）人。有《张承吉集》。

35. 张又新　字孔昭，深州陆泽人（今河北深县）。有《煎茶水记》。

36. 陈与义　字去非，号简斋，洛阳（今属河南）人。有《简斋集》、《无住词》。

37. 释道潜　本名昙潜，号参寥子，与苏轼、秦观友善，常相唱和。

38. 范仲淹　字希文，谥文正。有《范文正公文集》。

39. 范纯仁　字尧夫，范仲淹次子。谥宣献。有《范忠宣公集》。

40. 傅　察　字公晦，孟州济源（今属河南）人。"恬于势力"，三十七岁时为国而死，谥忠肃。有《忠肃集》。

41. 葛长庚　字白叟，又名白玉蟾，别号海琼子、紫清真人等，全真教尊为"南五祖"之一，宋宁宗诏封"紫清明道真人"，世称"紫清先生"。有《海琼问道集》、《武夷集》等。

42. 韩　琦　相州安阳（今属河南）人，字稚圭，号赣叟，谥忠献。有《安阳集》。

43. 金朋说　字希传，号碧岩，休宁（今属安徽）人。晚年归隐于碧岩山，"时人比之陶潜"。有《碧岩诗集》。

44. 卢梅坡　宋人。

45—46. 刘　敞　字原父，新喻（今江西新余）人，号公是。刘敞与其弟刘攽、其子刘世奉尝合著《汉书标注》，世称"墨庄三刘"。有《春秋权衡》、《公是集》等。

47. 刘才邵　字美中，自号杉溪居士，吉州庐陵（今江西吉安）人。有《杉溪居士集》。

48. 刘克庄　字潜夫，号后村居士，莆田人。有《后村集》。

49. 吕夷简　字坦夫，寿州（今安徽凤台）人，谥文靖。编撰有《景祐新修法宝录》。

50—51. 陆　游　字务观，号放翁。有《剑南诗稿》、《渭南文集》、《放翁词》等。

52. 楼　钥　字大防，旧字启伯，自号攻媿主人，鄞县（今浙江宁波）人，谥宣献。有《攻媿集》、《范文正年谱》。

53. 梅尧臣　字圣俞，宛陵(今安徽宣城）人，世称“宛陵先生”。有《宛陵集》。

54—55. 欧阳修　字永叔，号醉翁，晚又号六一居士，卢陵(今江西吉安）人，谥文忠。有《欧阳文忠公集》、《新唐书》、《新五代史》等。

56—57. 司马光　字君实，号迂夫，陕州夏县(今属山西）涑水乡人，世称“涑水先生”，谥文正。主编《资治通鉴》，有《温国文正公文集》、《稽古录》等。

58. 宋　庠　原名郊，入仕后更名庠，字公序，与其弟宋祁“俱以文学名擅天下”，时称“二宋”，谥元献。有《国语补音》、《元宪集》。

59—62. 苏　轼　字子瞻，一字和仲，眉山人，处黄州时“治东坡，筑雪堂于上”，因号东坡居士，晚年又号老泉山人、老泉居士，千古风流人物，谥文忠。有《东坡全集》等。

63. 邵　雍　字尧夫，自号安乐先生，谥康节。因“独筑室于百源之上”勤学苦读，时人尊称为“百源先生”。有《击壤集》、《黄极经世》等。

64. 施　枢　字知言，号芸隐，丹徒(今江苏镇江）人。有《芸隐横舟稿》、《芸隐倦游稿》。

65. 王十朋　字龟龄，号梅溪，温州乐清（今属浙江）人，谥忠文。有《梅溪集》、《东坡诗集注》等。

66. 吴皇后　开封人，宋高宗赵构第二任皇后吴氏，“工于词翰”，谥曰宪圣慈烈皇后。

67. 许及之　字深甫，温州永嘉（今浙江温州）人。有《涉斋集》。

68—69. 辛弃疾　历城(今山东济南）人，原字坦夫，更字幼安，号稼轩居士，谥忠敏。有《稼轩词》、《稼轩长短句》。

70. 叶　茵　字景文，笠泽（今江苏苏州）人，曾出仕，后退居筑“顺适堂”，取自杜甫诗“洗然顺所适”。有《顺适堂吟稿》。

71. 杨万里　字廷秀，自号诚斋，谥文节。有《诚斋集》、《诚斋易传》、《诚斋诗话》。

72. 元好问　字裕之，号遗山，太原秀荣（山西忻县）人。有《遗山集》等。

73. 赵秉文　金代磁州滏阳（今河北磁县）人，字周臣，名其堂曰“闲闲”，晚号闲闲老人，有《滏水集》等。元好问赞其字画“有魏晋以来风调，而草书尤警绝”。

74. 丁鹤年　字亦鹤年，西域人，号友鹤山人。有《鹤年诗集》。

75. 吴　澄　字幼清，抚州崇仁(今属江西）人，谥文正。与许衡为元代儒宗，并称为“北许南吴”。有《吴文正集》等。

76. 叶　颙　字景南，金华人，“志行高洁，结庐城山东隅，名其地曰云顶，自号云顶天民”。有《樵云独唱》。

77. 陈　约　字博文。有《一默居士集》。

78. 陈　淳　字道复，以字行，号白阳山人，世人将其与徐渭并称为“青藤白阳”。有《白阳集》。

79. 冯　琦　山东临朐人，字用韫，一字琢庵。有《经济类编》、《宗伯集》。

80. 李东阳　湖广茶陵(今湖南茶陵）人，字宾之，号西涯，谥文正。“弘治时，宰相李东阳主文柄，天下翕然宗之。”有《怀麓堂集》、《怀麓堂诗话》、《燕对录》。

81. 李梦阳　字献吉，号空同子，谥景文。有《空同集》。“与何景明、徐祯卿、边贡、朱应登、顾璘、陈沂、郑善夫、康海、王九思等号十才子。”

82. 浦　源　无锡人，字长源，号东海生，尤善画山水，倪瓒弟子。有《舍人集》。

83. 钱谦益　字受之，号牧斋，常熟人。有《初学集》、《有学集》等。与吴伟业、龚鼎孳并称“江左三大家”，三人皆由明臣仕清。

84. 沈　周　字启南，明代长洲（今江苏苏州）人，有《石田集》，与唐寅、文徵明、仇英并称“吴门四家”。

85. 唐　寅　字伯虎，后更字子畏，吴县（今苏州）人，因《金刚般若波罗蜜经》中四句偈“一切有为法，如梦幻泡影，如露亦如电，应作如是观”，号六如居士。有《六如居士集》。

86. 王　鏊　吴县(今江苏苏州）人，字济之，号守溪，学者称其“震泽先生”，晚号拙叟，谥文恪，有《姑苏志》、《震泽集》等。其弟子唐寅称其“海内文章第一，山中宰相无双”。

87. 王世贞　太仓（今江苏太仓）人，字元美，号凤洲、弇州山人。有《弇山堂别集》、《嘉靖以来首辅传》等。

88. 张　宁　浙江海盐人，字靖之，号方洲。有《方洲集》等。

89. 张　淮　字景禹，号治斋。

90. 爱新觉罗·弘历　清高宗，清朝第六位皇帝，在位六十年，建元乾隆，谥纯皇帝。主持编修《四库全书》，有《乐善堂全集》、《御制诗集》、《御制文集》等。

91. 彭孙贻　字仲谋，一字羿仁，号茗斋，海盐人，门人私谥孝介先生。有《茗斋集》。

92. 阮　元　江苏仪征人，字伯元，号芸台，又号雷塘庵主等，谥文达。有

《研经室集》等。

93. 孙星衍　字渊如，号季逑。袁枚“尝谓孙渊如云：天下清才多，奇才少。君天下之奇才也”。有《孙氏周易集解》、《芳茂山人诗集》等。

94. 谭嗣同　字复生，号壮飞，湖南浏阳人。有《莽苍苍斋诗》等。

95. 爱新觉罗·玄烨　顺治帝第三子。清朝第四位皇帝，清圣祖，建元康熙，在位六十一年。谥号仁皇帝。主持编撰《康熙字典》、《古今图书集成》、《全唐诗》、《数理精蕴》等。有《御选宋金元明四朝诗》等。

96. 杨　晋　字子鹤，号西亭，常熟人。王翚入室弟子，奉诏随师入京同绘《康熙帝南巡图》。

97. 爱新觉罗·胤禛　清世宗，谥号宪皇帝，笃信佛法，敕修刊刻《大藏经》，“圆而入神，君子之时中也；明而普照，达人之睿智也”，因号圆明居士，又号破尘居士。在位十三年，建元雍正。有《悦心集》、《世宗宪皇帝御制文集》、《御制拣魔辨异录》等。

98. 恽寿平　名格，初字寿平，后以字行，更字正叔，别号南田。善画没骨花卉，与王时敏、王鉴、王翚、王原祁、吴历合称“清初六家”。有《南田集》等。

99. 尤秉元　字昭嗣，江南长洲人。

100. 朱昆田　字文盎，号西畯，浙江秀水人，“清词三大家”之一朱彝尊之子。有《笛渔小稿》、《三体摭韵》。

莲花诗词作者小注

周敦颐　字茂叔，原名敦实，因避宋英宗旧讳赵宗实更名敦颐，道州营道（今湖南道县）人，以营道故居濂溪为号，世称“濂溪先生”，谥元。有《太极图说》、《通书》。

1. 汉无名氏。

2. 曹　植　字子建，谥思。谢灵运赞“天下才有一石，曹子建独占八斗”，与其父曹操、其兄曹丕合称“三曹”，因生前受封陈王，世称“陈思王”。有《曹子建集》。

3. 吴　均　字叔庠，吴兴故鄣（今浙江长兴）人，“好学有俊才”，“文体清拔有古气”，时谓为“吴均体”。有《吴朝请集》。

4. 萧　纲　字世赞（一作世缵），字六通，南兰陵（今江苏武进）人，梁武帝萧衍第三子，南北朝时期南梁第二位皇帝，庙号太宗，谥号简文帝，开创了“宫体诗”流派。有《梁简文帝集》。

5. 朱　超　南北朝人。

6. 白居易　祖籍太原（今属山西），字乐天，晚号香山居士，又号醉吟先生。

7. 郭　恭　唐朝诗人。

8. 郭　震　字元振，魏州贵乡（今河北大名）人，“美须髯，少有大志”，“任侠使气”，唐名将，武则天“嘉叹”其诗《宝剑篇》。

9. 韩　愈　字退之，河南河阳(今河南孟州）人，自称“郡望昌黎”，人称“昌黎先生”，谥文，世称“韩文公”。有《昌黎先生集》。

10. 贺知章　字季真，越州永兴(今浙江萧山）人。善诗及草隶，与李白友善，晚号四明狂客。有《贺秘监集》。

11. 卢照邻　字升之，幽州范阳（今河北涿州）人。染疾去官后病况加重，因不堪折磨、投水自尽。与王勃、杨炯、骆宾王并称“初唐四杰”。有《幽忧子集》。

12. 皮日休　襄阳（今湖北襄樊）人，字袭美，一字逸少，早年居鹿门山，自号鹿门子，又号醉吟先生。有《皮子文薮》、《松陵集》。

21. 齐　己　号衡岳沙门，有《白莲集》、《风骚旨格》。纪昀称“唐诗僧以齐己为第一”。

14. 李商隐　字义山，号玉溪生，又号樊南生。晚居郑州，与温庭筠合称为“温李”。

15—16. 李　白　字太白，兴圣皇帝李暠九世孙，号青莲居士。有《李太白文集》。

17. 李　洞　字才江，京兆(今陕西西安）人，唐宗室。慕极贾岛，铜铸其像，事之如佛。“人有喜岛者，洞必手录岛诗赠之，叮咛再四曰：此无异佛经，归焚香拜之。”有《李洞诗》。

18. 李　颀　隐居喜佛学，有诗“始觉浮生无住著，顿令心地欲皈依”。《唐诗镜》中赞“李颀七律，诗格清炼，复流利可诵，是摩诘以下第一人”。有《李颀集》。

19. 文　益　唐末五代高僧，俗姓鲁，浙江余杭人，号无相。“法眼宗”的创始人。著有《宗门十规论》等。晚年在报恩禅院传法，深受南唐中主礼遇。谥“大法眼禅师”。

20. 王　维　字摩诘，笃信佛学，被誉“诗佛”。有《王右丞诗集》。

21. 王昌龄　字少伯，京兆长安（今陕西西安）人。“昌龄工诗，缜密而思清，时称诗家天子。”有《王昌龄集》。

22. 元　稹　字微之，河南洛阳人，北魏昭成帝拓跋什翼犍十世孙，有《元氏长庆集》等。与白居易为至交，世称“元白”，诗称“元白体”。

23. 郑　谷　唐末袁州宜春（今江西宜春）人，字守愚。官至都官郎中，人称“郑都官”，“尝赋鹧鸪，警绝”，被誉“郑鹧鸪”。有《云台编》、《宜阳集》。

24. 包　恢　字宏父，号宏斋，建昌南城(今属江西）人，谥文肃。有《敝帚稿略》。

25. 葛长庚　字白叟，又名白玉蟾，别号海琼子、紫清真人等，全真教尊为“南五祖”之一，宋宁宗诏封“紫清明道真人”，世称“紫清先生”。有《海琼问道集》、《武夷集》等。

26. 黄庭坚　字鲁直，号山谷道人，又号涪翁，与张耒、晁补之、秦观并称“苏门四学士”，谥文节。有《山谷集》。

27. 释惠日　宋朝僧人。

28. 龙　辅　女，武康（今浙江武康）常阳（其曾于京师为官，性澹泊，好诗文）之妻。有《女红余志》。

29. 刘　攽　新喻（今江西新余）人，字贡父，刘敞之弟，号公非。有《彭城集》、《公非集》、《中山诗话》等。

30. 刘克庄　字潜夫，号后村居士，莆田人。有《后村集》。

31. 陆　游　字务观，号放翁。有《剑南诗稿》、《渭南文集》、《放翁词》等。

32. 李清照　号易安居士，济南（今属山东）人。李格非之女，赵明诚妻子。有《漱玉集》、《词论》等。

33. 司马光　字君实，号迂夫，陕州夏县（今属山西）涑水乡人，世称“涑水先生”，谥文正。主编《资治通鉴》，有《温国文正公文集》、《稽古录》等。

34. 宋　祁　字子京，宋庠之弟，安州安陆（今属湖北）人，因有名句“红杏枝头春意闹”，世称“红杏尚书”，谥景文。有《宋景文集》、《益部方物略记》、《笔记》等。

35. 宋　庠　原名郊，入仕后更名庠，字公序，与其弟宋祁“俱以文学名擅天下”，时称“二宋”，谥元献。有《国语补音》、《元宪集》。

36. 宋伯仁　字器之，号雪岩，苕川（今浙江湖州）人。有《梅花喜神谱》、《西塍集》、《烟波渔隐词》。

37. 邵　雍　字尧夫，自号安乐先生，谥康节。因“独筑室于百源之上”勤学苦读，时人尊称为“百源先生”。有《击壤集》、《黄极经世》等。

38—39. 苏　轼　字子瞻，一字和仲，眉山人，处黄州时“治东坡，筑雪堂于上”，因号东坡居士，晚年又号老泉山人、老泉居士，千古风流人物，谥文忠。有《东坡全集》等。

40. 苏　辙　字子由，一字同叔，号颍滨遗老，苏轼弟，“唐宋八大家”之一，与其父、兄合称“三苏”，谥文定。有《栾城集》、《诗集传》、《春秋集传》等。

41. 文　同　字与可，号笑笑先生，人称“石室先生”，梓州永泰(今四川盐亭)人，善画竹，道“画竹者必先得成竹于胸中”，苏轼表兄，二人互引为知己。有《丹渊集》。

42. 王　迈　字贯之，一作实之，自号臞轩居士，仙游(今属福建）人，有《臞轩集》。

43. 王月浦　宋代诗人。

44. 许及之　字深甫，温州永嘉（今浙江温州）人。有《涉斋集》(其子许纶编辑)。

45. 徐　积　字仲车，楚州山阳（今江苏淮安）人，谥节孝处士。有《节孝语录》、《节孝集》。

46. 杨　亿　字大年，建州浦城（今属福建）人。苏轼称“近世士大夫文章华靡者莫如杨亿”，谥文。编《西昆酬唱集》，有《杨文公谈苑》、《武夷新集》等。

47. 杨　杰　无为（今属安徽）人，字次公，自号无为子。有《无为集》。

48—50. 杨万里　字廷秀，自号诚斋，谥文节。有《诚斋集》、《诚斋易传》、《诚斋诗话》。

51. 朱　熹　字元晦，后更字仲晦，号晦庵，谥文。有《晦庵集》、《原本周易本义》等。

52. 郑刚中　字亨仲，婺州金华（今浙江金华）人，南宋抗金名臣，谥忠愍。有《北山集》、《周易窥余》等。

53. 张尧同　秀州（今浙江嘉兴）人。有《嘉禾百咏》。

54. 张继先　道教正一派第三十代天师，字嘉闻，号翛然子，宋徽宗赐号“虚靖先生”，有《虚靖语录》。

55. 周邦彦　字美成，号清真居士，钱塘（今浙江杭州）人。有《片玉词》等。

56. 曾　丰　宋代乐安（今属江西）人，字幼度。晚年归乡诗酒自娱，筑室故号“樽斋”，开办西山书院，有《缘督集》。

57. 段成已　金代稷山（今属山西）人，字诚之，号菊轩。与其兄克己以文章有才名，赵秉文赞为“二妙”，兄弟二人有合集《二妙集》。

58. 元好问　字裕之，号遗山，太原秀荣（山西忻县）人。有《遗山集》等。

59. 丁鹤年　字亦鹤年，西域人，号友鹤山人。有《鹤年诗集》。

60. 贡性之　宣城人（今安徽宣城），字友初，后更名悦，以祖居宣城南湖，号南湖先生。有《南湖集》。

61. 何　中　抚州乐安（今江西乐安）人，字太虚，一字养正，无意仕途，布衣讲学终老。有《知非堂稿》等。

62. 黄　庚　字星甫，天台（今属浙江）人，号天台山人。有《月屋漫稿》。

63. 刘　因　字梦吉，初名骃，初字梦骥（因其出生前夜，其父梦神人以马载一儿至其家，曰：善养之），号静修。谥文靖。有《静修集》、《四书集义精要》。

64. 吕　诚　字敬夫，昆山（今江苏太仓）人，“尝蓄一鹤，复有鹤自来为伍，因筑来鹤亭”，有《来鹤亭集》。

65. 吴师道　兰溪（今金华兰溪）人，字正传，以礼部郎中致仕，又称吴礼部，有《吴礼部诗话》、《敬乡录》等。

66. 杨公远　字叔明，歙县（今安徽歙县）人。有《野趣有声画》。

67. 郑允端　字正淑，平江（今江苏苏州）人，宋丞相郑清之第五世孙女。“宗族之士谓其有容、有言、有学、有识，行乎中闺，可象可则，贞以厉己，懿以成德，有合谥典，宜谥曰贞懿。”有《肃雍集》。

68. 赵孟頫　宋太祖赵匡胤十一世孙，字子昂，号松雪道人。师从中峰明本禅师参学佛法。谥文敏。有《松雪斋集》。

69. 方孝孺　宁海（今浙江）人，字希直，一字希古，号逊志，曾以“逊志”名其书斋，蜀献王为更“正学”，世称“正学先生”，又称“缑城先生”，有《逊志斋集》、《方正学先生集》。追谥文正。

70. 顾　璘　长洲（今江苏吴县）人，字华玉，号东桥，与陈沂、王韦、朱应登并称“金陵四大家”。有《山中集》、《凭几集》、《息园存稿诗》等。

71. 释函可　字祖心，惠州博罗人，岭南禅宗（又称“南禅”）曹洞宗第三十四代传人。俗姓韩，名宗騋，明礼部尚书韩日缵长子，自号千山剩人，有《千山诗集》。

72. 黄　佐　字才伯，号泰泉，香山（今属珠海）人，谥文裕。有《乐典》、《泰泉集》等。

73. 林　鸿　字子羽，福清人。与郑定、王褒、唐泰、高棅、王恭、陈亮、王偁、周玄、黄玄等九人被时人称为“闽中十才子”，“鸿为之冠”。有《鸣盛集》。

74. 潘希曾　字仲鲁，号竹涧。有《竹涧集》。

75. 钱　婉　山万春妻，嘉兴人。

76. 石　瑶　字邦彦，藁城人，号熊峰，嘉靖七年卒，谥文隐，隆庆初年改谥文介。有《熊峰集》、《恒阳集》。

77. 唐　寅　字伯虎，后更字子畏，吴县（今苏州）人，因《金刚般若波罗蜜经》中四句偈“一切有为法，如梦幻泡影，如露亦如电，应作如是观”，号六如居士。有《六如居士集》。

78. 王　洪　字希范，钱塘人。有《毅斋集》。

79. 文徵明　初名璧，以字行，后更字徵仲，号衡山居士，长洲人。有《甫田集》。

80. 于慎行　明山东东阿人，字可远，后更字无垢。有《穀山笔尘》、《谷城山馆集》。

81. 陈恭尹　广东顺德人。字元孝，一字半峰，晚号独漉子。与屈大均、梁佩兰并称“岭南三大家”。有《独漉堂集》。

82. 屈大均　明末清初广东番禺人。随师抗清，“初名绍隆，遇变为僧，中年返初服”，号翁山，有《道援堂集》、《广东新语》、《翁山诗外》、《翁山文外》等。

83. 钱谦益　字受之，号牧斋，常熟人。有《初学集》、《有学集》等。与吴伟业、龚鼎孳并称”江左三大家”，三人且皆由明臣仕清。

84. 安　嶙　字韡轩，号东云，清无锡人。有《韡轩诗草》。

85. 安念祖　清无锡人，字小补，号景林。有《众香阁诗稿》。

86. 查慎行　海宁人，初名嗣琏，字夏重，后更名慎行，更字悔余，取自东坡句“身行万里半天下，僧卧一庵初白头”，因号初白，归故里筑“初白庵”以居。有《敬业堂集》、《苏诗补注》等。

87—88. 爱新觉罗·弘历　清高宗，清朝第六位皇帝，在位六十年，建元乾隆，谥纯皇帝。主持编修《四库全书》，有《乐善堂全集》、《御制诗集》、《御制文集》等。

89. 钱大昕　清代江苏嘉定（今上海嘉定）人，字晓徵，号竹汀居士。有《廿二史考异》、《十驾斋养新录》、《元史艺文志》、《元史氏族表》、《恒言录》、《疑年录》、《潜研堂集》等。

90. 王玄度　字符素，号尊素，歙县人，明朝遗民，“晚依山翁大师于静慧院”，有《轩辕阁诗集》。

91. 吴　绡　字素公，一字片霞，号冰仙，长洲（今江苏苏州）人，常熟进士许瑶妻。有《啸雪庵诗钞》。

92. 吴　绮　字园次，号听翁，别号红豆词人，江都（今江苏扬州）人。有《林蕙堂集》。

93—94. 爱新觉罗·玄烨　顺治帝第三子。清朝第四位皇帝，清圣祖，建元康熙，在位六十一年，谥号仁皇帝。主持编撰《康熙字典》、《古今图书集成》、《全唐诗》、《数理精蕴》等。有《御选宋金元明四朝诗》等。

95. 恽寿平　名格，初字寿平，后以字行，更字正叔，别号南田。善画没骨花卉，与王时敏、王鉴、王翚、王原祁、吴历合称“清初六家”。有《南田集》等。

96—98. 爱新觉罗·胤禛　清世宗，谥号宪皇帝，笃信佛法，敕修刊刻《大藏经》，“圆而入神，君子之时中也；明而普照，达人之睿智也”，因号圆明居士，又号破尘居士。在位十三年，建元雍正。有《悦心集》、《世宗宪皇帝御制文集》、《御制拣魔辨异录》等。

99. 朱晓琴　祖籍安徽歙县，朱熹三十一世孙女，其后人整理其诗稿，编撰为《凝香阁诗草》。

100. 郑　燮　字克柔，号板桥，“扬州八怪”之一，自创“六分半书”。有《板桥诗钞》。

附二：梅牡莲——中国人之中华心境界

八月五日于京家中，酷暑难忍，只得开空调消夏，值傍晚降雨，关空调打开窗，风袭而来，心实喜之。

今年己亥，时逢新中国 70 周年华诞，作为一名出生于“八零后”的青年，为祖国深感欢欣。

我自小喜欢读书，热爱中华优秀文化，爷爷是一名“三零后”的老革命，父母是“五零后”，均从事教育事业，同先辈们相比，我十分幸运——出生于和平年代，成长于祖国改革开放之时，发展在“一带一路”倡议下的新时代。但观广袤繁盛的中华大地，深邃智慧的中华文化，善良美丽的中华儿女，天天向上的新新中华，如果说有一种华彩是如何也无法遮挡，那就是中华民族心内的璀璨光芒，历千年而弥新，经万劫愈发亮。

苍苍茫茫，泱十几亿人，出自先古炎黄，乌漆之发、眼色黑亮、黄色皮肤、华丽衣裳，俨然端庄。中华人自珍自求、自重自修，学文泼墨，写意山水，数千年宛转，终发扬出中华文化之儒、道、释，次第渐进，逐步包容，尽虚空，终化成无界别中华文化，宛若天成。

观乎天文，以察时变。观乎人文，以化成天下。

几千年的时间，中华人从来自强自立、不靠不依，创造出世间和世界多少文明辉煌，多少器物良良。

又有多少华夏儿女，侠肝义胆，书写万世忠诚，忠于祖先、忠于贤德、忠于人伦纲常，诚于修身，诚于家和，诚于为天地立心、为生民立命，诚于为往圣继绝学、为万世开太平。

中国人天性喜自然，善居于园庭，绿竹青青，角亭凉凉，姹紫嫣红，一曲满庭芳。洒扫庭除间，衣食住行、琴韵书声，花植草木相伴赏。

好诗咏物华，少许经典如下。

墨　梅

我家洗砚池头树，个个花开淡墨痕。
不要人夸好颜色，只留清气满乾坤。（元·王冕）

题徐明德墨兰

我爱幽兰异众芳，不将颜色媚春阳。
西风寒露深林下，任是无人也自香。（明·薛纲）

题竹石

咬定青山不放松，立根原在破岩中。
千磨万击还坚劲，任尔东西南北风。（清·郑燮）

题　菊

花开不并百花丛，独立疏篱趣未穷。
宁可枝头抱香死，何曾吹落北风中。（宋·郑思肖）

小　松

自小刺头深草里，而今渐觉出蓬蒿。
时人不识凌云木，直待凌云始道高。（唐·杜荀鹤）

谨如上咏颂，梅、兰、竹、菊，被中国人赞为“四君子”，梅不惧严寒，又与松、竹被并称“岁寒三友”。梅兰竹菊松，君子本色，五物实一也。梅居四君子之首，开百花之先，全可代表儒家文化与精神，一如孔子先贤为中华文化开创了文明先河。

以老子为代表的道家文化，若亦以花物比拟，则牡丹可也，恰如唐代刘禹锡诗《赏牡丹》中赞“唯有牡丹真国色，花开时节动京城”。

而时至宋代，周敦颐《爱莲说》横空问世，他道“自李唐来，世人甚爱牡丹。予独爱莲之出淤泥而不染，濯清涟而不妖，中通外直，不蔓不枝，香远益清，亭亭净植”，“莲，花之君子者也”，其实莲，又何止君子者也，堪为中华释家文化化身也：莲虽为花，然通身为宝，花落成莲蓬，花下又结藕，莲蓬含莲子，早已超越花的本身界限，恰若释家文化之直心布施奉献，真空妙有、一空万有。

梅花者，花中君子，开百花之先，独天下而春。

牡丹者，花中之王，因国色而雍容，自天香而华贵。

莲花者，花非花也，出污尘而不染，濯清涟而益美。

梅花、牡丹、莲花，实乃中国人之中华心境和境界。

中华文化上下五千年厚重积繁，若外国人不懂真正的中国文化，实则不识厚重中华文化下，是一颗鲜明简单的巍巍中国之美丽心灵。

中华民族讲求的是自强自立、自给自足、行有不得反求诸己，讲求的是天行健、君子以自强不息。

中华民族讲求的是以和为贵、合作共赢，讲求的是地势坤、君子以厚德载物。

中华民族讲求的是吐辞为经、举足为法，心系全人类共同命运，讲求的是行大道，讲求的是修身齐家治国惠泽天下。

古时老子曾对孔子说上善若水，而今我们却想对不懂中国人的外国友人说，上善若中华心。

没有错，自丝绸之路肇始，中国人“和平合作、开放包容、互学互鉴、互利共赢”的丝路精神就伴随着中国的丝绸和瓷器传向世界；中国人从古丝绸之路到现今的“一带一路”，依靠着中国几千年优秀的传统文化，行在幸福花开的路上，如梅花傲寒，如牡丹繁盛，如莲花出尘，矢志不渝。

值此祖国 70 周年华诞，谨以此文祝愿祖国永远繁荣昌盛!

己亥年七月初五

责任编辑：杨美艳　王璐瑶
装帧设计：石笑梦

图书在版编目（CIP）数据

梅牡莲诗三百首 / 张建炜 编著 . — 北京：人民出版社，2023.2
ISBN 978 – 7 – 01 – 024947 – 6

I. ①梅…　II. ①张…　III. ①古典诗歌 – 诗集 – 中国 – 古代　IV. ① I222

中国版本图书馆 CIP 数据核字（2022）第 141653 号

梅牡莲诗三百首
MEIMULIAN SHI SANBAISHOU

张建炜　编著

人民出版社 出版发行
（100706　北京市东城区隆福寺街 99 号）

北京雅昌艺术印刷有限公司印刷　新华书店经销

2023 年 2 月第 1 版　2023 年 2 月北京第 1 次印刷
开本：880 毫米 × 1230 毫米 1/32　印张：11
字数：300 千字

ISBN 978 – 7 – 01 – 024947 – 6　定价：99.00 元

邮购地址 100706　北京市东城区隆福寺街 99 号
人民东方图书销售中心　电话（010）65250042　65289539